Wolfgang Held

Einer trage des anderen Last

Wolfgang Held

Einer trage des anderen Last

Roman

quartus-Verlag

Die Deutsche Bibliothek – CIP-Einheitsaufnahme
Held, Wolfgang: Einer trage des anderen Last. Roman.
Wolfgang Held. – 1. Auflage –
Bucha bei Jena: **quartus-Verlag** 2002
ISBN 3-936455-08-2

1. Auflage

ISBN 3-936455-08-2

© 2002 by **quartus-Verlag**, Bucha bei Jena

Einbandgestaltung: KMD Grafik- & Designatelier, Weimar
Satz: Susann Peshier, quartus-Verlag
Schrift: Garamond
Belichtung, Druck und Bindung:
Gutenberg Druckerei GmbH Weimar
Bindung: Großbuchbinderei Schirmer, Erfurt

Das Werk einschließlich aller seiner Teile ist urheberrechtlich geschützt. Jede Verwertung außerhalb der engen Grenzen des Urheberrechts ist ohne schriftliche Zustimmung des Verlages unzulässig und strafbar. Dies gilt insbesondere für Vervielfältigungen, Übersetzungen, Mikroverfilmungen und die digitale Speicherung und Verarbeitung.

Dieses Buch erzählt von der ungewöhnlichen Begegnung zweier junger Menschen in Deutschland, zu unbedeutend für die historischen Annalen und doch eng verflochten mit dem Geschehen jener bewegten Jahre.
Die bittere Einsicht von Schuld, der Mangel am Notwendigsten in dem zerschundenen Land, das alles löschte damals den Willen zum Leben nicht aus. Ein paar Hundert zuerst nur, dann aber Tausende, traten gegen das Elend an, schlugen Straßen durch Trümmerfelder, plagten sich um spärliches Wasser, um knappes Brot, oft über ihre Kraft. Der neugegründete Staat im Osten war erst wenige Monate alt, und Worte waren für die auf eine bessere Zukunft Vertrauenden kein Argument gegen die Übermacht der Zweifler. Betriebe galt es zu errichten und Häuser, und sie gegen Hass und Bosheit in Schutz zu nehmen.
Es war an einem grauen, nasskalten Spätherbsttag des Jahres 1950 …

Der blasse Mann, höchstens zwanzig, ist mit schwerem Koffer am Bahnhof der Kreisstadt in den klapperigen, mit Holzgas angetriebenen Omnibus eingestiegen. Die Schulterstücke auf seinem bis zu den Knöcheln reichenden Uniformmantel glänzen silbern wie die Kordel der Schirmmütze. Volkspolizist. Kommissar. Der Sitzplatz neben ihm bleibt unbesetzt. Hohenfels, hat der junge Mann dem Fahrer beim Bezahlen gesagt, kein Wort mehr. Nun schaut er hinaus in die Waldeinsamkeit, ernst und mit quälender Angst im Blick vor dem, was ihn erwartet.
Es ist vor fünf Wochen passiert, an einem Oktobertag, so heiß, als sei Hochsommer. Sie haben Trümmer weggeräumt. Schutt, der noch im Frühjahr 1945 eine Schule gewesen war, bis Fliegerbomben die halbe Stadt und einige Hundert ihrer Bewohner ausgelöscht hatten.
Aufbauwerk hieß die Aktion in den Zeitungen. Ein paar Arbeiter packten zu, mit ihnen Volkspolizisten wie er, Hausfrauen bis hin ins Greisenalter, Studentinnen und Studenten einer Arbeiter-und-Bauern-Fakultät. Freiwillige alle. Keiner, der nach Lohn fragte. Die Männer schufteten in der Hitze mit nackten Oberkörpern, mager und schweißig. Ein Bagger hob die Grube für ein neues Fundament aus und füllte den Abraum in Kipploren. Mit zwei älteren Arbeitern hatte er eine der schweren, eisernen Karren auf einem Schienenstrang vorwärts geschoben, angestrengt und keuchend. Plötzlich war ihm dabei schwindelig geworden. Ein Hustenanfall. Er hatte gefühlt, wie etwas heiß in seiner Kehle hochstieg, hatte das Taschentuch vor den Mund gepresst und war in eine schwarze Leere gestürzt. Das hellrote, ausgespiene Blut auf dem Tuch hatte er nicht mehr wahrgenommen.
Die stinkende Auspuffwolke des mit Holzgas angetriebenen Omnibusses vergiftet den feuchten Atem des Herbstwaldes. Meterweit spritzt Wasser aus Schlaglöchern. Die wenigen Fahrgäste werden geschüttelt und gerüttelt. Sie nehmen es hin, sind Ärgeres gewohnt.

Die schmale Waldstraße steigt an, krümmt sich in eine steile Kurve. Das Schaltgetriebe kreischt. Der Fahrer wendet den Kopf. Er nickt dem Uniformierten zu. Der Bus hält, wo von der Straße ein mit Spurrinnen gestriemter Weg in den Wald eindringt. Der junge Mann bugsiert seinen Koffer durch die Tür und steigt aus. Ein kurzes Verschnaufen noch, dann wandert er los. Erst, als ihn jemand einholt, wird ihm bewusst, dass er nicht der einzige Aussteiger gewesen ist …
Eine sehr hagere, ziemlich finster blickende Frau in den Vierzigern bleibt bei ihm stehen. Ihre stocksteife Haltung, von dem im Nacken zur Würdeknolle hochgebundenen Haar bis hinab zu den schlichten Schnürstiefeln, lässt eine resolute Respektsperson ahnen. Er setzt den Koffer ab, schiebt die Schirmmütze in den Nacken und streicht Schweiß von der Stirn. Knapper Atem schwächt die Stimme.
„Guten Tag …!"
Die Frau mustert ihn und seinen Koffer. Sie runzelt die Stirn.
„Sie wollen zum Sanatorium?" Der Satz ist viel mehr Rüge als Frage und irritiert.
„Ja … Hohenfels … Noch weit?"
„Ich bin Oberschwester Walburga! … Grüß Gott!"
„Heiliger … Josef!" Knappes Nicken soll eine Verbeugung andeuten.
„Wie bitte?"
Für Sekunden fühlt sich die tief religiöse Oberschwester veralbert. Den junge Mann überraschen solche verblüfften Reaktionen auf seine Namensnennung längst nicht mehr. Er lächelt.
„Josef Heiliger … So heiße ich."
Die Oberschwester hat einige Mühe, die ungewöhnliche Verknüpfung zwischen dem Namen des Zimmermannes aus Nazareth und Nährvaters Jesus einerseits und dem Träger einer Uniform der Volkspolizei andererseits vom Gefühl her zu akzeptieren.
„Ich habe Sie für einen der Grenzer gehalten … Wieso tragen Sie Uniform?"

Josef Heiliger hätte der Oberschwester erklären können, dass er beim Eintritt in die Volkspolizei seinen einzigen, noch einigermaßen tragbaren Anzug dem zwei Jahre jüngeren Bruder überlassen hatte und seitdem niemals auf den Gedanken gekommen war, Geld für Zivilkleidung auszugeben. Er hält das jedoch für eine unangemessene Vertraulichkeit und beschränkt sich auf eine kurze Gegenfrage.
„Wieso nicht?"
„Ihre Sache." Oberschwester Walburga zuckt kaum merklich mit den Schultern. Sie schaut auf den Koffer. „Das Gepäck wird vom Bahnhof abgeholt. Haben Sie Ihre Einweisung nicht gelesen?"
„Doch, schon …" Verlegen sieht Josef Heiliger zu, wie die Oberschwester nach dem Koffer greift. Sie prüft das Gewicht und sendet einen Blick zum Himmel.
„Mein Gott!"
Ehe er zu Wort oder einer abwehrenden Geste kommt, hat sie ihm ihr Einkaufsnetz in die Hand gedrückt. Er braucht einen Augenblick, bevor er begreift, dass sie die Absicht hat, seinen Koffer zu tragen.
„Aber …! Das kommt doch überhaupt nicht in Frage, Oberschwester!" Sein Protest bleibt wirkungslos. Auch der Versuch, den Koffer wieder in die Hand zu bekommen, scheitert.
„Wollen Sie den Helden spielen? Bei uns werden Sie sich manches abgewöhnen müssen, mein Herr! Zuerst die dumme Einbildung, dass nur schwerkrank ist, wer Schmerzen hat …"
Oberschwester Walburga ist gewohnt, ihren Willen durchzusetzen. Sie schleppt das schwere Gepäck und verrät mit keiner Miene, wie sie von der Last gequält wird. Ein halber Zentner, schätzt sie. Mindestens! Entweder ein Haufen Bücher oder der Kerl bringt sein Maschinengewehr mit!
Sie überlegt, ob es nicht sinnvoll wäre, künftigen Patienten schon auf der Einweisung Stück für Stück exakt vorzuschreiben, was zur Kur auf Hohenfels als Mitbringsel erlaubt sei. Zweimal Wäsche und Nachthemden, Waschzeug, Trainings-

anzug – Schluss! Keine weltlichen Bücher, keine Bronzebüsten und überhaupt nichts, was mehr als hundertfünfzig Gramm wiegt ...

Im Einkaufsnetz der strengen Frau sind nur, sorgfältig in Papier verborgen, drei Schachteln Nortag-Zigaretten, eine Flasche Alkolat und zwei Paar wollene Strümpfe aus der HO. Das Gewicht ist kaum spürbar. Trotzdem glänzt Schweiß auf Josef Heiligers Stirn. Die Situation ist ihm peinlich. Schmerzhaft unangenehm. Wenn jetzt einer kommt, was muss der von mir denken, geht es ihm durch den Sinn. Ein verlorener Arm, ein lahmes Bein, da weiß jeder sofort, was los ist, aber so ... Er geht an Oberschwester Walburgas Seite, hält den Kopf gesenkt und fühlt sich mit seiner Krankheit so elend wie selten zuvor.

Sie haben erst die Hälfte des Weges zurückgelegt, als hinter ihnen Geklapper und Gepolter näher kommt. Ein Fuhrwerk. Der Milchwagen des Sanatoriums Hohenfels, gezogen von einem Gaul, der aussieht, als sei er einst unter Friedrich dem Großen durch die Schlesischen Kriege getrabt. Das Alter des Kutschers bleibt hinter Vollbart und Löwenmähne ein reizvolles Rätsel für ehrgeizige Schätzer.

Peitschenknall vermag das Pferd nicht in schnelleren Schritt zu bringen. Oberschwester Walburga hat neben dem Alten auf dem Kutschbock Platz gefunden. Josef Heiliger hockt hinten bei den Milchkannen auf seinem Koffer. Er kann die Augen kaum noch offen halten. Müdigkeit, damit hatte es angefangen, Wochen vor dem Bluthusten. Auch der künstliche Pneumothorax, der ihm noch zu Hause vom Arzt in der Tbc-Fürsorgestelle angelegt worden war, hatte daran nichts geändert. Alles war nur noch bedrohlicher geworden.

In sein Dahindämmern knattert Motorengeräusch. Er richtet sich auf. Der Kutscher lenkt den Wagen zur Seite und strafft den Zügel. Ein Auto rollt ihnen entgegen. Eine schwarze, geschlossene Limousine. Josef Heiliger erkennt die gekreuzten, silbernen Lorbeerblätter an Seite und Hecktür. Ein Leichenwagen. Jemand, der es hinter sich hat, denkt er und ist im nächsten Augenblick wegen dieses Gedankens ärgerlich über sich selbst.

Das Sanatorium Hohenfels, umgeben von dichtem Nadelwald, ist eingebettet in Abgeschiedenheit und Stille. Ein zweistöckiger Fachwerkbau, errichtet um die Jahrhundertwende, mit Giebelzimmern im oberen Stockwerk und langen Balkons im Erdgeschoss. Liegehallen, in denen die in Decken gehüllten Patientinnen und Patienten die meisten Stunden des Tages ruhen, mit Harzgeruch und Tannenduft gewürzte, klare Luft atmen und auf Heilung hoffen.
In Sichtweite des Haupthauses gibt es ein schlichtes Nebengebäude. Hier sind der Chefarzt, die Schwestern, eine Laborantin und das weitere Personal des Sanatoriums untergebracht. Bis kurz nach dem Krieg hatte dort auch der Eigentümer seine Wohnung. Er war mit seiner Familie im Juni 1945 vor der anrückenden Roten Armee den abziehenden amerikanischen Truppen nach Hessen gefolgt.
Doktor Stülpmann kommt mit Schwester Elfriede aus dem Haus. Sie tragen weiße Kittel. Der Arzt, ein Mann in den Fünfzigern, das Silberhaar korrekt gescheitelt, stets umgeben vom Duft eines angenehm unaufdringlichen Rasierwassers, muss seinen Schritt dem langsameren Tempo der zierlichen Frau angleichen. Schwester Elfriede, trippelnd und leicht gebeugt, hat erst vor wenigen Tagen ihren sechsundsiebzigsten Geburtstag gefeiert. Sie gehört seit mehr als einem halben Jahrhundert zu Hohenfels und wird wieder einmal von der Sorge beunruhigt, dass man sie demnächst in den Ruhestand schicken könnte. Doktor Stülpmann hält solche Befürchtungen für ganz und gar unbegründet.
„Aber auf Sie können wir hier doch nie verzichten, Schwester Elfriede. Hohenfels ohne Sie – undenkbar!"

Die Greisin schmunzelt fein, aber sie schüttelt den Kopf.
„Ja, wäre ich erst sechzig, siebzig, täte ich mir keine Sorgen machen, Herr Chefarzt …"
„Solange Hohenfels noch den Burgbaums gehört, entscheide allein ich hier über Personalfragen …"
„Wenn Sie das sagen, Herr Chefarzt …" Sie schaut mit ihren blassblauen Augen dankbar zu ihm auf. Er legt im Gehen den Arm um ihre Schultern.
„Und Sie bestimmen ja schließlich auch mit, wenn's in unserem Haus um Personalangelegenheiten geht, Schwester."
„Ich?"
„Na, sind Sie nun unsere Gewerkschaft hier oder nicht?"
Es kommt selten vor, dass Schwester Elfriede an ihre Gewerkschaftsfunktion erinnert wird. Auf Zureden des Chefarztes hatte sie sich wählen lassen, weil kein anderer dazu bereit gewesen war und Hohenfels bei den Behörden nicht ins Gerede kommen sollte. Nun kichert sie leise und nickt.
„Wenn Sie es sagen, Herr Chefarzt …"
Doktor Stülpmann und Schwester Elfriede sind gerade erst im Haupthaus verschwunden, da recken die in gemischter Reihe ruhenden Patientinnen und Patienten in den Liegehallen die Köpfe. Maßlos gelangweilt, ist für sie auch heute wieder die alltägliche Ankunft des Milchwagens ein beobachtenswertes Ereignis. Zumal, wenn ein Neuer mitgebracht wird. Der junge Mann in Uniform löst bei den neugierigen Patienten beiderlei Geschlechts die unterschiedlichsten Empfindungen aus. Seltsam berührt, verfolgt ein junges Mädchen den Offizier mit ihrem Blick. In ihre grauen Augen steigt dabei ein ganz eigenartiger Ausdruck. Gleichermaßen Wehmut, Freude, eine Spur von Hoffnung – hellwaches Interesse jedenfalls. Frau Grottenbast, eine verblühte Mittfünfzigerin auf der Pritsche neben dem Mädchen Sonja, bemerkt es mit sichtlichem Unbehagen.
Der Kutscher hält vor dem Portal. Er hebt den schweren Kof-

fer vom Wagen. Josef Heiliger will zugreifen, doch die Oberschwester ist schneller. Unbeeindruckt von der ärgerlichen Geste des jungen Mannes schleppt sie die Last ins Haus. Er presst die Lippen zusammen und folgt ihr. Auf der Schwelle schaut er noch einmal, wie Abschied nehmend, hinüber zum Wald, dann zieht er die wuchtige Eichentür so heftig hinter sich zu, dass der Knall sogar den ewig schläfrigen Gaul vor dem Milchwagen zu zwei tänzelnden Schritten vorwärts aufschreckt.

Die fast einen halben Meter hohe Nachbildung der griechischen Statue des Dornausziehers wirkt allein merkwürdig zwischen Aktenschrank, Vitrinen mit ärztlichen Instrumenten, dem Sichtgerät für Röntgenbilder und einer Liege für körperliche Untersuchungen, doch auch der gerahmte Wandspruch neben der Tür des Behandlungsraumes verrät Doktor Stülpmanns Vorliebe für Kunst und Weisheit der Antike: TU NE CEDE MALIS, SED CONTRA AUDENTIOR ITO – WEICHE DEM UNHEIL NICHT, NOCH MUTIGER GEH IHM ENTGEGEN!
Josef Heiliger hat keinen Blick für den weltvergessenden, allein mit seinem Fuß beschäftigten, sitzenden Knaben aus Marmor. Nach gerade erfolgter Untersuchung kleidet er sich wieder an. Er beobachtet dabei den Chefarzt.
Doktor Stülpmann steht vor dem Leuchtkasten, an dem die von dem Ankömmling mitgebrachten Röntgenbilder eingespannt sind. In respektvollem Abstand wartet auch Oberschwester Walburga. Aufrecht-steif trägt sie ihre blütenweiße Haube wie eine Krone. Josef Heiliger hält die Stille schließlich nicht länger aus.
„Wie lange, Herr Doktor? Bitte, was denken Sie, wie lange ich hier bleiben muss?"
Stumm bedeutet der Chefarzt seinem Patienten, näher zu treten. Er führt einen Bleistift über helle und dunkle Linien der

Röntgenaufnahmen. Verschlüsselte Signale aus Licht und Schatten, nur für den Eingeweihten entzifferbar. Als er endlich spricht, ist seine Stimme leise und ernst.
„Das sind keine Mädchenaugen, junger Mann ... Sehen Sie, hier?" Die Spitze des Bleistiftes umkreist zwei schwach erkennbare, ringförmige Aufhellungen. „Kavernen! Dicht nebeneinander, sehr dicht! Kirschkern- und kleinapfelgroß ..." Er wendet sich an die Oberschwester. „Pneu schon versucht?" Sie kennt die Krankengeschichte bereits ohne einen Blick in die Mappe.
„Ambulant! Zu starke Verwachsungen. Fieber. Exudat ... Kaustik nach Ansicht von Doktor Ziehmer inakzeptabel."
Josef Heiliger sieht, wie der Chefarzt kaum merklich den Kopf wiegt, aber er will das nicht als Anzeichen wachsender Besorgnis gelten lassen. Vierzehn Tage, rechnet er. Vielleicht vier, fünf Wochen, nicht länger. Auf gar keinen Fall länger.
„Es muss doch Erfahrungswerte geben. Wie lange braucht man, um mit so was fertig zu werden?" Er sieht zu der Oberschwester hin, dann wieder zum Arzt. Beide bleiben stumm, betrachten ihn nachdenklich. Ihr Schweigen reizt ihn. Er wird heftig. „Ich werde gebraucht, Herr Doktor!" Ungestüm knöpft er seine Uniformjacke zu, geradeso, als wolle er das Sanatorium nun sofort wieder verlassen.
Gelassen setzt sich Doktor Stülpmann an seinen Schreibtisch. Er reagiert nicht auf den Unmut des jungen Patienten. Ruhig wendet er sich der Oberschwester zu.
„Zuerst muss dieser junge Mann bei uns zur Ruhe kommen. Viel liegen, schlafen, langsam gehen. Bringen Sie ihm das bei, Oberschwester." Sein Blick wandert wieder zu Josef Heiliger. Die Stimme wird freundlicher, beinahe väterlich. „Hier auf Hohenfels, Herr Heiliger, gehen die Uhren ganz, ganz anders als dort drüben hinter den Bergen ..."
„Aber dort warten sie auf mich!" Josef Heiliger braust auf. „Ich muss dabei sein. Ich hab' keinen Tag zu verlieren in so einer Zeit! Keine Stunde ... Ich kann nicht hier rumsitzen und

Däumchen drehen, verstehen Sie, Doktor. Lieber will ich …"
„Sterben?!"
Der knappe, sehr ernste Einwurf des Arztes lässt Josef Heiliger verstummen. Sterben, wieso sterben? Ich huste kein Blut mehr, ich habe kaum noch Fieber, ich bin auf meinen eigenen Beinen hierher gekommen und nicht auf einer Krankentrage, Herrgottnochmal, ich will nicht sterben …
„Sie müssen innere Ruhe finden, das ist für Sie jetzt das Wichtigste. Denken Sie immer, es geht Sie nichts an. Was auch geschieht, es geht Sie nichts an, junger Mann … Sie werden es lernen!"

Oberschwester Walburga begleitet den neuen Patienten zu seinem Zimmer. Er ist mit den Gedanken immer noch bei dem Ergebnis der Untersuchung. Im Korridor geht die Schwester ganz bewusst sehr langsam. Damit er sein hektisches Tempo bremst, muss sie ihn am Arm halten. Er hört der von ihr erteilten Belehrung kaum zu.
„Unser Herr Chefarzt legt größten Wert auf Einhaltung der Etikette, Herr Heiliger. Keine Nachlässigkeiten, bitte! Bei der relativ langen Dauer einer Behandlung …"
Josef Heiliger horcht auf. Hastig hakt er ein: „Wie lange, Oberschwester? … Ungefähr?"
Das Lächeln der Schwester ist mild und nachsichtig. Für einen Moment verlieren ihre Züge die respektfordernde Strenge, doch schon mit der Antwort zieht die gewohnte Strenge ein.
„Wir rechnen hier nach Monaten, Herr Heiliger. Und wir sind dabei um eine niveauvolle Atmosphäre bemüht. Studieren Sie bitte die Hausordnung. Unser Herr Chefarzt hat sie vor siebzehn Jahren eingeführt …"
Verdutzt bleibt Josef Heiliger stehen. Er schaut sich in dem bis zur Decke gediegen mit edlem Holz getäfelten Korridor um. Goldglänzende Türgriffe. Ein hohes Mosaikfenster. Ein Ölgemälde mit dem Matterhorn. Parkettboden.
„Das war hier schon vor dem Krieg Sanatorium?"

„Seit 1929!" Sie sagt es mit vernehmlichem Stolz. Josef Heiliger ist erstaunt.
„Hätt' ich nicht gedacht, ehrlich." Er geht langsam weiter. „Sieht aus wie 'n altes Schloss ... Enteignet."
„Vorläufig ist das alles gottlob noch in Privathand. Die Besitzer leben in der amerikanischen Zone. Übrigens entfernte Verwandte von Frau Grottenbast, Ihrer zukünftigen Tischdame."
Erneut hält er jäh inne.
„Meiner ... was?"
Diesmal geht die Oberschwester die drei Schritte weiter bis zur Tür des Zimmers, in dem der junge Patient untergebracht ist.
„Tischdame! Ich sagte Ihnen ja bereits, dass wir hier sehr auf Umgangsformen achten ... Machen Sie sich ein wenig mit Ihren neuen vier Wänden vertraut. Ich bringe Ihnen dann das Krankenblatt und alles Übrige."
Der davongehenden Oberschwester kommen drei Patienten entgegen. Im Vorübergehen grüßen sie beflissen. Das Mädchen Sonja ist dabei. Die Achtzehnjährige mustert den jungen Mann in Uniform neugierig, doch der nimmt dieses Interesse nicht wahr und verschwindet im Zimmer.

Die ruhige, mahnende Stimme des Chefarztes lässt Josef Heiliger nicht los. Sein Koffer liegt noch verschlossen auf dem Tisch. Angekleidet wirft er sich auf eines der beiden Betten und starrt gegen die weiße Decke. Was auch geschieht, es geht Sie nichts an – wie denkt sich das dieser Herr Doktor? Es geht mich nichts an – wie soll das gehen, Herr Doktor? Es geht mich nichts an – von wegen!
Der offene Fensterflügel knarrt leise. Josef Heiliger spürt die hereinwehende, nasskalte Luft nicht. Bilder steigen auf. Erinnerungen, gerade erst ein Jahr alt. Ein Bauer pflügt. Das von zwei trägen Ochsen gezogene Scharmesser bricht eine Schälfurche in den Stoppelacker. Nahe des Feldraines ist ein meterhoher Pfahl in den Boden getrieben. Schwarz-rot-gold ge-

streift. Staatsgrenze seit ein paar Tagen. Zwei Grenzer patrouillieren entlang der unsichtbaren Barriere, die bis zur Gründung der Bundesrepublik Deutschland im 49er Mai Zonengrenze oder Demarkationslinie hieß und seit Oktober dieses Jahres zwei deutsche Staaten trennt. Einer der beiden jungen Männer in den dunkelblauen Uniformen der Volkspolizei ist Josef Heiliger. Sie winken dem Mann hinter dem Pflug einen Gruß zu. Über ihren Auftrag denken sie nicht nach. Unerlaubtes Überschreiten der Grenze verhindern, ob von Osten nach Westen oder umgekehrt. Nicht anders als Grenzwächter zwischen Frankreich und Spanien, Mexiko und den USA oder anderswo an der Trennlinie von Staaten. Jetzt beschäftigt die beiden Streifenposten vielmehr der Film, den sie am Abend zuvor gesehen haben. „Wiener Mädel" mit Willi Forst, Lizzi Holzschuh und Hans Moser. Darf ein Schauspieler nuscheln oder darf er nicht …
Ein Schuss kracht!
Sie werfen sich zu Boden. So etwas passiert in diesem Abschnitt nicht zum ersten Mal. Vermutlich ein Fanatiker, der voller Zorn ist. Vielleicht einer, dem man hier im Osten ein Unternehmen enteignet hat, der seinen Gutsbesitz für die Bodenreform hergeben musste, dem ein Angehöriger eingesperrt oder nach Sibirien transportiert worden ist. Die zwei jungen Männer im Gras wissen, dass es eine Menge Hass gibt in dieser Zeit und zu beiden Seiten dieser Grenze. Josef Heiliger denkt dabei an die Villa des Besitzers einer großen Brauerei. Seine Mutter hatte dort als Putzfrau ein paar Groschen verdient. Manchmal hat sie ihn dorthin mitgenommen. Es gab da einen Korridor, größer als die Mansardenwohnung der Heiligers. Er durfte da seine Schularbeiten machen. Hin und wieder, wenn der gleichaltrige Unternehmersohn seine Eisenbahn aufgebaut hatte, ließ er den Armeleutejungen mitspielen. Reinhold hieß der Junge. Sie hatten sich gut verstanden und wären vielleicht sogar richtige Freunde geworden, wenn

Reinholds Eltern nicht dagegen gewesen wären. Die Brauerei war jetzt ein volkseigener Betrieb und die Villa ein Internat für Studenten. Womöglich ist das Reinhold dort drüben mit einer Knarre, geht es Josef Heiliger für einen Moment durch den Kopf. Ich würde es bestimmt auch nicht wie einen verlorenen Pfennig hinnehmen, wenn mir meine Brauerei und das Zuhause weggenommen würden …
Ein zweiter Schuss!
Der Schütze steckt jenseits im Dickicht.
Josef Heiliger bringt seinen Karabiner in Anschlag, obwohl er genau weiß, dass er selbst in Notwehr nicht hinüber schießen darf. Drüben bleibt es still. Er wendet den Blick, will seinem Gefährten etwas sagen und erschrickt. Das Blut weicht aus seinem Gesicht. Leblose Augen starren an ihm vorbei ins Leere …
Und immer denken, es geht mich nichts an? Josef Heiliger richtet sich auf. Er reibt die fieberwarme, schmerzende Stirn. Sein Blick wandert durch das Zimmer. Die Einrichtung stammt wahrscheinlich aus den Tagen der Eröffnung dieses Hauses. Zwei weißlackierte Stahlrohrbetten, zwei einander gegenüberliegende Waschtoiletten samt Spiegeln, ein großer, wohl für beide Zimmerbewohner hingestellter Kleiderschrank, zwei Nachttische, ein großer Tisch mit zwei Stühlen. Blümchentapete und Plüschvorhang. Sehr, sehr hübsch das alles hier, würde Oma sagen. Zum ersten Mal seit seinem Aufenthalt hier in Hohenfels bringt Josef Heiliger ein Schmunzeln auf die Lippen.
Nach kurzem Überlegen wählt Josef Heiliger das linke Bett. Er öffnet den Koffer und beginnt mit dem Auspacken. Als erstes hängt er ein Bild an die Wand über dem Nachttisch, wo es schon einen kleinen Nagel für diesen Zweck gibt. Das Foto zeigt den Generalissimus Stalin beim Anzünden seiner Krummpfeife. Nun baut er Lektüre auf den Nachttisch. Lenins „Staat und Revolution", das „Kommunistische Manifest", „Wie der Stahl gehärtet wurde" von Nikolai Ostrowski. Wie immer beim Umgang mit Büchern, so kann er auch jetzt

nicht umhin, wenigstens in eines hineinzuschauen. Er ist dabei, sich festzulesen, als ihn ein kurzes, energisches Klopfen an der Tür in die Gegenwart holt.
Oberschwester Walburga wartet keine Aufforderung ab und tritt sofort ein. Sie bringt ein Fieberthermometer mit, ein Krankenblatt und eine braune, faustgroße Flasche. Kontrollierend schaut sie sich im Zimmer um.
„Fiebermessen morgens und abends unter der Zunge, bitte. Das Krankenblatt führen Sie selbst …" Der Blick verharrt etwas länger bei dem Stalinbild. Ihre Reaktion bleibt auf ein kaum wahrnehmbares Naserümpfen beschränkt. Sie achtet nicht darauf, dass der Patient mit einer schnellen, anscheinend flüchtigen Bewegung den Kofferdeckel schließt. Kühl reicht sie ihm das Fläschchen. „Diese Sputumflasche tragen Sie bitte immer bei sich, ja?!"
Josef Heiliger betrachtet das kleine Gefäß neugierig, aber zugleich auch mit einigem Missbehagen.
„Wozu?"
Die Oberschwester ist an den Tisch getreten. Sie legt ihre Hände auf den Kofferdeckel, wohl in der Absicht, beim Auspacken behilflich zu sein. In ihrer Stimme schwingt rügender Unterton mit.
„Ihr Auswurf! Sie sind ansteckend … Aber bitte dezent, ja?"
„Dezent? Was?"
„Man benutzt es unauffällig, Herr Heiliger …" Sie öffnet dabei den Koffer, hebt Wäsche heraus und – stutzt. Für ein paar Sekunden verschlägt es ihr die Sprache, was höchst selten passiert. Josef Heiliger, der weiterhin das ihm höchst unsympathische Fläschchen betrachtet, merkt nichts von diesem Verhalten.
„Ich muss nie spucken, Oberschwester. Ehrlich! … Oder ist das hier Pflicht?"
Die Oberschwester starrt immer noch in den Koffer. Sie kann nicht fassen, was sie da mühselig durch den Wald geschleppt hat.
„Herr Heiliger!!!"

Sie legt die Wäsche zur Seite und stellt sechs volle Bierflaschen auf den Tisch.
„Ich wollte ihn ja selbst tragen, Schwester ... Die Bücher, das Bier ..."
„Gegen Bücher haben wir hier, weiß Gott, gewiss nichts, Herr Heiliger."
Traurig schaut er zu, wie Oberschwester Walburga die Flaschen mit beiden Armen aufnimmt, damit zur Tür geht und dort verharrt. Sie hat keine Hand für die Klinke frei. Es dauert einen Augenblick, bis ihm klar wird, was die Höflichkeit gebietet. Mit zwei schnellen Schritten ist er bei ihr und öffnet. Auf der Schwelle wendet sie sich noch einmal zu ihm um. Ihr Blick ist eisig wie ihre Stimme.
„Wenn ich zurückkomme, liegen Sie im Bett!"
„Jetzt? Vor dem Mittagessen?"
„Zuerst drei Tage Bettruhe, das ist hier bei uns so üblich!"
Josef Heiliger glaubt, in ihren Augen einen Funken Boshaftigkeit blitzen zu sehen.
„Drei Tage?"
In ihrem feinen Schmunzeln wird die Schadenfreude jetzt deutlich.
„Sie werden Abwechslung haben, Herr Heiliger, keine Sorge!"
Am nächsten Morgen begreift er, worauf die Oberschwester angespielt hat. Draußen ist es noch dunkel, als eine Schwester, die er bisher noch nicht gesehen hat, einen klappernden, klirrenden Laborwagen ins Zimmer schiebt. Ihr sanfter, freundlicher Gruß erinnert an den Zahnarzt, der ihn beim Hantieren mit der Ziehzange noch anlächelte, als sein Schmerzgebrüll schon die Passanten draußen auf der Straße stehen bleiben und an Mord denken ließ, bevor ihnen durch das Arztschild am Hauseingang ein Licht aufging. Die Schwester kommt mit dem Wagen an sein Bett. Argwöhnisch beobachtet er, wie sie eine wässrige Flüssigkeit in eine Injektionsspritze zieht. Ein feiner Strahl spritzt aus der in seinen Augen bleistiftdicken,

einem Folterinstrument gleichenden Nadel. Ein Schlauch wird um seinen Oberarm gespannt, dann senkt die Schwester den Metallstachel behutsam in die Armbeuge des Patienten. Der Stich dringt in die Vene. Er sieht, wie sich sein dunkles Blut im Glaszylinder mischt. Vom Magen her steigt Übelkeit hoch. Ihm wird schwindelig. Er kann nicht länger hinschauen, dreht den Kopf zur Seite, bis es endlich vorbei ist. Bevor die Schwester mit ihrem lärmenden Gefährt das Zimmer verlässt, sagt sie noch etwas, aber er hört nicht zu. Erschöpft wie nach einer Bergbesteigung liegt er in den Kissen. Es dauert reichlich eine Stunde, bevor ihm der Sinn wieder nach Beschäftigung steht. Die dumpf-dunkel bis in alle Winkel des Hauses vernehmbaren drei Gongschläge verkünden den Beginn der Mittagszeit. Wenig später bringt Oberschwester Walburga das Essen. Sie stellt das Tablett auf den Tisch. Für die Mahlzeit darf Josef Heiliger das Bett verlassen. Ein Teller mit vier bereits geschälten Pellkartoffeln, ein halber, marinierter Hering, eine kleine Schale mit – in der Küche genau abgezählt! – drei Pflaumen, dazu ein Glas Milch.
Nachdem sie ihrem Patienten „Guten Appetit und alles aufessen!" gewünscht hat, will die Oberschwester gehen, doch Josef Heiliger hält sie auf. Er nimmt das Besteck in die Hände, isst aber noch nicht, sondern deutet auf das zweite Bett.
„Kommt da noch einer?"
„Natürlich ... Wir haben mehr als hundertfünfzigtausend Tbc-Kranke im Land, wissen Sie das nicht?"
„Doch, doch ... Was is'n das für einer?"
„Sie werden schon miteinander auskommen ... Er heißt Koschenz, Hubertus Koschenz ..."
Erstaunt legt Josef Heiliger Messer und Gabel aus der Hand.
„Hubertus? ... Das gibt's doch nicht! So richtig Hubertus, wie bei den alten Rittern?"
Die Oberschwester runzelt die Stirn.
„Hören Sie mal, Herr Heiliger: Wer hierher kommt, der will

gesund werden. Nur das zählt, kein Name, keine Stellung, kein Alter, nichts dergleichen. Gesund werden, nichts anderes ist wichtig! ... Und morgen früh bleiben Sie bitte nüchtern, Sie bekommen den Schlauch!"
Es fällt Josef Heiliger nicht schwer, die Anweisung zu befolgen. Das Frühstück am nächsten Morgen bleibt aus. Er vertreibt sich die Zeit und liest Lenin auf nüchternem Magen. Er verträgt das. Der Text macht ihm längst nicht mehr so viel Mühe wie zwei Jahre zuvor. Damals, als Anwärter in der Polizeischule, hatte er einen Abendzirkel besucht, fasziniert von einem Mann Mitte Dreißig, der anders war als die meisten ihm bekannten Leute dieser Generation. Auch einer, der nicht feige hingenommen hatte, dass ein jüdischer Nachbar und dessen Familie entrechtet, erniedrigt und schließlich fortgeschleppt und umgebracht wurde. Einer, der nach Spanien gegangen war, um gemeinsam mit mutigen Frauen und Männern aus vielen Ländern gegen die Franco-Diktatur zu kämpfen. Einer, den später im Konzentrationslager Buchenwald auch die Knüppelschläge der SS nicht zu brechen vermochten. Für Josef Heiliger endlich auch einer, der glaubwürdig blieb, wenn von Gerechtigkeit die Rede war, von einer Zukunft, in der jeder Mensch ein Dach über dem Kopf, Schuhe an den Füßen und genug zu essen haben soll. Von ihm hatte er damals die erste Lenin-Broschüre bekommen und jede Seite zwei, dreimal gelesen, aber trotzdem das meiste nicht begriffen. Wichtiger war ihm das gesprochene Wort gewesen, die Ratschläge von einem, der nicht mit den Wölfen das „Deutschland, Deutschland über alles ..." geheult hatte.
Das nahende Scheppern des Laborwagens draußen auf dem Korridor lässt Lenins Lehren für Josef Heiliger vorerst einmal nebensächlich werden. Der Schlauch – was ist das? Er setzt sich auf, hebt die Bettdecke wie ein Schutzschild bis ans Kinn und schaut gespannt zur Tür.
Es ist die gleiche Schwester wie bei der Blutabnahme. Auch der gleiche Wagen. Diesmal liegen neben den Glasbehältern

ein paar daumendicke Gummischläuche. Die Schwester lächelt wieder freundlich. Sie kommt mit einem der Schläuche zum Bett und hat Samt in der Stimme.
„Den Mund bitte ganz weit auf, Herr Heiliger ... Ganz weit! Weiter! Noch weiter!"
Josef Heiliger starrt das herannahende Schlauchende an, als sei es eine zischelnde, schwarze Mamba. Gehorsam reißt er den Mund auf. Die Schwester nickt zufrieden.
„Sehr schön! Und nun die Zunge heraus ... Jaaaa, und jetzt schlucken! Schlucken, nicht kauen! Schlucken! Schlucken!"
Das Schlauchende ist in Josef Heiligers Schlund verschwunden, dringt tiefer, erreicht den Magen. Halt, zum Teufel, oder soll mir das Ding hinten wieder raus kommen!? Er würgt und würgt und hat das Gefühl, leergepumpt zu werden. Anstrengung treibt ihm Tränen aus den Augen. Ein paar Minuten später ist alles vorüber. Sein Schlund glüht noch, wie damals nach dem Selbstgebrannten, den sein Freund auf dem schwarzen Markt gekauft hatte. Zweihundert Mark die Flasche, auf eigene Verantwortung, ohne jedes Risiko für den heimlichen Hersteller, weit abseits von Arzt oder Apotheker. Für eine Abschiedsfeier. Nach der Gesellenprüfung waren sie, beide achtzehnjährig, beim Arbeitsamt vor die gleiche Wahl gestellt worden: Uranbergbau im Erzgebirge oder Volkspolizei, Abteilung Grenze und Bereitschaften. Sein Freund hatte sich für den Bergbau entschieden. Keine Uniform, besserer Verdienst, Wodka, Weiber, wilder Osten, was man so aus Aue und Umgebung hörte. Er selbst hatte, wenn anfangs auch kaum sonderlich begeistert, den Rat seines Vaters befolgt. Besser, ich weiß in der neuen Polizei einen wie dich, mein Junge, als meinen Sohn dort, wo für Atombomben geschindert wird, hatte er gesagt, und auf die blaue Uniform sogar etwas von seiner Hoffnung auf mehr Gerechtigkeit gesetzt.
Bis zu den drei Gongschlägen zum Mittagessen fehlt noch eine halbe Stunde. Josef Heiliger liegt in seinem Bett und gibt sich ganz jenem Genuss absoluter Untätigkeit hin, den allein

nachzuempfinden weiß, wer harte Arbeit oder quälendes Leiden kennt. Keine Bewegung, kein Denken, nichts hören, nichts sehen, nichts sagen – gedankenloses Dösen, nichts weiter. Er merkt gar nicht, wie die Tür lautlos geöffnet wird. Ein Mann tritt herein. Erst, als der unerwartete Besucher vor dem Bett steht, schreckt Josef Heiliger aus dem Dahindämmern.
„Ich bin Jochen!" Der Mann, Anfang Dreißig, trägt einen Trainingsanzug und eine Baskenmütze. Er grinst wie der Clown in einer Ulknummer. Josef Heiliger erlebt zum ersten Mal einprägsam, was gemeint ist, wenn man jemandem nachsagt, ihm niste der Schalk im Blick. Der Unbekannte schaut kurz auf das Stalinbild. „Dein Opa, ja? ... Also, wenn du was brauchst hier in der Mottenburg, ich besorg's. Alles, außer Weiber und Waffen ..."
Josef Heiliger zögert nur eine Sekunde. Unten in Südthüringen, bei Razzien auf schwarzhandelnde Geschäftsleute, hatten sie immer einen Bäcker verschont, bei dem sie heimlich ihre schmale Verpflegung aufbessern konnten. Damals. Im Winter 1948. Zehn Mark für ein Pfund Brot.
„Auch 'ne Pulle Bier?"
„Alles! ... Nicht ganz billig allerdings. Gefahrenzuschlag!"
Mit den Fingern zeigt Josef Heiliger seine Bestellung an.
„Ich nehme zwei!"
„Okay!" Jochen kneift ein Auge zu, geht zur Tür und hat dort doch noch eine Frage. „Zwei Flaschen oder zwei Kästen? En gros wird's billiger ...!" Er wartet die Antwort nicht ab und verschwindet so geräuschlos, wie er gekommen ist.

Am späten Nachmittag misst Josef Heiliger seine Temperatur. Die kleine Silbersäule klettert auf 37,6 Grad. Er trägt den Wert ins Krankenblatt ein. Die Linie weist kaum Zacken auf, bewegt sich konstant oberhalb des Normalbereiches. Er greift nach einem Buch, legt es aber gleich wieder zurück und schließt die Augen. Von einer Sekunde zur anderen gleitet er hinüber

in die Traumwelt. Im Schlafanzug wandert er zwischen rostigen Schienen über Schotter und Schwellen. Überall wuchert Gras. Es ist still, totenstill. Im trüben Licht der Nebelstunde taucht ein Gebäude auf. Ein verlassener Bahnhof. Blinde, zerschlagene Fensterscheiben. Über ödem Bahnsteig eine Uhr mit erstarrten Zeigern. Ein an verrotteter Halterung baumelnder Lautsprecher, aus dem plötzlich eine knarrende, verzerrte Stimme dröhnt. Josef Heiliger erkennt dennoch sofort: Doktor Stülpmann spricht.
„Denken Sie immer, es geht Sie nichts an …"
Die Mahnung widerhallt schrill und peitschend aus den Fenstern mit den geborstenen Scheiben, plärrt gespenstig aus der erloschenen Uhr, dröhnt aus einem zweiten, einem dritten, einem vierten Lautsprecher.
„Was auch geschieht, es geht Sie nichts an … geht Sie nichts an … Was auch geschieht … nichts an … nichts … an …"
Josef Heiliger bückt sich, greift nach einem Schotterstein, wirft und trifft den Lautsprecher. Sein Schrei soll die Stimme des Chefarztes übertönen.
„Ich will hier raus! Lasst mich hier weg!"
Er wirft und wirft, trifft die Uhr, die Lautsprecher, die Fenster. Glas klirrt. Anstrengung macht ihm den Atem knapp. Die Stimme gehorcht ihm nicht mehr, wird zum Flüstern …
Jemand fasst ihn an der Schulter, schüttelt vorsichtig, holt ihn aus quälendem Traum.
„Kann ich dir irgendwie helfen?"
Verwirrt starrt Josef Heiliger den jungen Mann an, der im Lodenmantel bei ihm steht, dann sieht er die altmodische Reisetasche auf dem Tisch, gewiss ein Stück des Entzückens für jeden Sammler von Gegenständen aus der Goethezeit. Noch ehe er eine Frage stellen kann, wird seine Vermutung von dem Ankömmling bestätigt.
„Ich bin Hubertus … Hubertus Koschenz. Dein … hier nennt man das wohl ‚Schlief' …"

„Heiliger ..." Das Stutzen des Neuen berührt den noch ein wenig Schlaftrunkenen nicht. „So heiß' ich ... Josef Heiliger ..."
„Tatsächlich?" Hubertus Koschenz lacht.
„Ich hab' mir den Namen nicht ausgesucht. Nenn' mich Jupp, das ist mir lieber."
„Mach' dir nichts draus, Jupp. Hubertus würde ich meinen Sohn auch nicht nennen ..." Der junge Mann öffnet seinen Koffer. Er will mit dem Auspacken beginnen, da fällt sein Blick auf das Stalinbild über dem Nachttisch des Zimmergenossen. Er zögert einen Moment, dann holt er aus der Tiefe der Reisetasche ebenfalls ein gerahmtes Bild, geht damit zu seiner Schlafseite und befestigt es dort an gleicher Stelle. Es zeigt einen geneigten Christuskopf mit Dornenkranz.
Josef Heiliger richtet sich steil auf. Entgeistert wandert sein Blick zwischen dem Christusbild und Hubertus Koschenz hin und her. Er ist jetzt hellwach und traut seinen Augen nicht.
„Das ... das ist doch nicht dein Ernst?"
Der junge Mann, der seinen Lodenmantel noch nicht abgelegt hat, gibt sich verwundert.
„Wieso Ernst? ... Es ist unser Heiland!"
„Nimm das weg, Hubertus! Mach' doch hier keinen Scheiß!"
Der Zimmergenosse bleibt freundlich, aber in den leisen Worten ist entschiedene Klarstellung. Er deutet dabei auf das Stalinbild.
„Du hast deinen ... Chef, ich hab' den meinen. Ich bin evangelischer Vikar ... Wusstest du das nicht?"
Stille – fast eine Minute lang.
Josef Heiliger betrachtet den jungen Kirchenmann, als sei er ein Wesen aus einer anderen Welt. Endlich schwingt er die nackten Füße aus dem Bett, will wohl aufstehen, verharrt aber noch auf der Bettkante.
„Ein Pfaffe? ... Du ... Du bist Pfarrer? Das geht doch nicht gut!" Er angelt mit den Zehen nach seinen Hausschuhen.
„Das gibt doch Mord und Totschlag ... Die müssen uns aus-

einander legen!" Er hat endlich die Hausschuhe gefunden, steht auf und ist schon unterwegs zur Tür, als ihn der Vikar zurückhält.

„Warte doch! Wollen wir es nicht erst mal miteinander versuchen? Du, der andere, der vorhin mit mir gekommen ist, der ist über siebzig …!"

Das Argument sticht. Josef Heiliger zögert. Die Vorstellung, das Zimmer mit einem schnarchenden, womöglich blasenschwachen und dauernd altväterlichen Rat erteilenden Opa teilen zu müssen, erscheint ihm wenig verlockend.

„Du meinst …?!"

„Einer von uns beiden würde den Alten kriegen, ganz sicher!"

„Hmmm …" Langsam geht Josef Heiliger zu seinem Bett zurück, bleibt davor stehen. Er wendet dem Vikar den Rücken zu. Nachdenklich betrachtet er den Bücherstapel auf dem Nachttisch.

„Also, Jupp: Waffenstillstand?" Hubertus Koschenz räumt ohne Hast die Reisetasche leer. Er tritt mit einem kleinen Wäscheberg zum Kleiderschrank, öffnet und stutzt. Betroffen presst er die Lippen zusammen. Einen Augenblick lang spürt er dumpfes, beklemmendes Würgen im Hals. Vor ihm hängt Josef Heiligers Uniform mit den Rangabzeichen eines Volkspolizeikommissars! Mein Gott, weshalb durfte ich das nicht vor zehn Minuten sehen, schießt es ihm durch den Sinn. Auf was habe ich mich da eingelassen?!

„Du, hör' mal, Jupp". Er wendet sich zu ihm um, zwingt sich zu besonnener Ruhe. „Damit wir uns gleich richtig verstehen: Mein Vater ist Anfang sechsundvierzig zur sowjetischen Kommandantur bestellt worden und nie mehr zurückgekommen. Denunziert von einem aus deiner Partei, der scharf auf unsere Wohnung war, obwohl es ihm nichts gebracht hat. Meine Mutter kriegt neunzig Mark Rente …"

Josef Heiliger hat sich umgedreht, betroffen und hilflos schaut er den Vikar an. Er kennt solche Geschichten. Weil sein Vater sich 1946 als Sozialdemokrat dem Eintritt in die SED verweigert hatte, war er gegen alle gesetzlichen Bestimmungen auch als gewählter Betriebsrat fristlos aus der Stadtverwaltung entlassen worden. Seitdem verdiente er einen Hungerlohn als Hilfsarbeiter. In einer Waggonfabrik unter sowjetischer Verwaltung. Umgeben von grinsenden Kollegen, die man mit dem sowjetischen Befehl Nummer 2 als ehemalige Mitglieder der Hitler-Partei, gleichgültig, ob Abteilungsleiter oder Pförtner, aus dem öffentlichen Dienst entfernt hatte. Ein Rotkehlchen im Adlerhorst, wurde gelästert. Das habt ihr nun von eurer Befreiung. Nichts, wie es ist, wird so bleiben, erklärte Josef Heiligers Vater nun bei jeder Gelegenheit, und in Abwandlung eines Stalinwortes: Die Lumpen kommen und gehen, die Idee vom Sozialismus bleibt! Aber sein Sohn bezweifelt in dieser Stunde, dass ein Kirchenmann wie dieser Hubertus dazu Ja und Amen sagen würde.

„Meine Braut war noch ein Kind, und auf dem Weg von Kattowitz nach Merseburg ist ihr das Haar weiß geworden von dem, was sie erlitten hat."

Hubertus Koschenz muss innehalten. Erinnerung macht ihm das Sprechen schwer. Es dauert einen Moment, bevor er seine Stimme wieder beherrscht. „Also, Jupp, mich überzeugst du nicht von eurer Sache, und ich werde mich auch bei dir gar nicht erst als Missionar versuchen … Einverstanden?"

Josef Heiliger hat, wie er glaubt, eine Antwort auf die entstandene Frage gefunden. Er ist froh darüber und kann sogar lächeln.

„Lenin …!"

„Wie? Wer?"

„Bevor man sich vereinigt, muss man sich klar und deutlich voneinander abgrenzen … Lenin!"

„Fängst du schon an?"

Hubertus Koschenz zieht die Brauen zusammen. Plötzlich keimen Zweifel, ob sein Vorschlag nicht doch ein Fehler war.

„Waffenstillstand!" Josef Heiliger demonstriert sein Einverständnis, indem er feixend und, wie vor der Mündung einer entsicherten Waffe, beide Hände emporstreckt. Es sieht spaßig aus, aber Hubertus Koschenz hat in dieser Minute keinen Sinn für Komik. Er schaut zum Stalinbild, dann auf den dornengekrönten Christus, holt tief Luft und beschränkt sich, zögerlich freilich noch, auf zwei Silben.
„Na fein!"

Vor der Liegehalle 1 im Erdgeschoss des Sanatoriums baut das Tal mit dichtem Fichtenwald und einer seitlich steil ansteigenden Felswand eine märchenhafte Kulisse auf. Die Luft ist rein und erfrischend. Zwölf Patientinnen und Patienten finden Platz auf den in schnurgerader Reihe ausgerichteten Pritschen. Sechs Frauen und fünf Männer, bis unter das Kinn in Decken gehüllt, drehen neugierig die Köpfe, als Josef Heiliger, von der greisen Schwester Elfriede begleitet, den langen Balkon betritt. Er trägt jetzt, wie alle Patienten zur Liegekur, einen Trainingsanzug und hält zwei Wolldecken unter dem Arm. Eingewickelt und stumm wie Mumien, geht es ihm durch den Kopf. Und das monatelang, wer kann das aushalten? Schwester Elfriede führt ihn zu der letzten noch freien Pritsche. Sie zeigt ihm, wie man sich vorschriftsmäßig in die Decken packt. Ein kleines Kunststück. Eine Decke ausbreiten, hineinlegen, rechts und links hochschlagen, die andere Decke unter die Füße klemmen und bis zum Hals ziehen, zuletzt die oberen Enden der unteren Decke über die Schulter schlagen…
Es dauert eine ganze Weile, bevor die muntere Greisin zufrieden ist. Sie verlässt ihn mit einer mütterlich-sanften Ermahnung.
„Und nun die Arme schön eingepackt lassen und nur auf dem Rücken liegen!"
Eingeschüchtert liegt Josef Heiliger zuerst einmal eine reichliche halbe Stunde reglos, dann hebt er ein wenig den Kopf

und schielt vorsichtig zu den anderen Pritschen. Rechts von ihm liegt ein Mann mit einer knallroten Zipfelmütze, unter der nur ein paar silberne Strähnen hervorblinken. Er ist weit über siebzig und heißt Walter Sibius. Auf den noch weiter rechts von dem Alten stehenden Pritschen erkennt Josef Heiliger das Mädchen Sonja und deren ältliche Zimmergenossin, Frau Grottenbast. Die beiden Frauen spielen Schach mittels eines Steckbretts, das sie nach jedem Zug zwischen sich wandern lassen. Im Augenblick aber hat Frau Grottenbast keine aufmerksame Gegenspielerin. Sie wartet ungeduldig auf den nächsten Zug.

Den Leidensgefährten zur Linken kennt Josef Heiliger bereits. Es ist Jochen mit der Baskenmütze. Offenbar hat er nicht nur gute Beziehungen zu anderen Schwarzhändlern, sondern auch einen heimlichen Draht zu den Krankengeschichten seiner Mitpatienten. Er weiß erstaunlich gut Bescheid über den Befund seines neuen Pritschennachbarn.

„Zwei Löcher in der Lunge und keinen Pneu, da biste beschissen dran, Genosse. Da hilft dir dein Marxismus-Leninismus nicht raus ... Plastik, stell' ich mir vor. Die Motten fressen sonst weiter, weißt du. Schrapps-schrapps-schrapps ..."

Weshalb bleibt dieser Kerl nicht bei seinen Schiebergeschäften, denkt Josef Heiliger. Er kneift die Augen zu, als könne er damit auch die Ohren verschließen. Jochens Wortschwall sprudelt weiter und weiter.

„Diese Viecher machen ein Sieb aus deiner Lunge. Bis 'ne Ader dran ist. Zack, Blutsturz, 'n roter Strahl aus 'm Hals und Schluss. Vorhang runter! Dann schon lieber Plastik, 'n paar Rippen rausgeknackt, der Matsch in der Brust fällt zusammen – Rente! Zum Atmen haste ja noch die andere Seite. Wenn allerdings dort dann auch ..."

Der alte Sibius richtet sich ganz gegen alle Vorschriften auf, schaut über Josef Heiliger hinweg und fällt dem Schwätzer scharf ins Wort.

„Jetzt ist es genug, Jochen! … Schnauze!"
Das Mädchen Sonja hat den Vorgang beobachtet und darüber das Schachbrett vor sich vergessen. Der Tonfall, in dem Frau Grottenbast auf den nächsten Schachzug drängt, verrät mehr als Spielerungeduld. Da blitzt Eifersucht!
„Sonja, spielen wir weiter oder nicht?"
Das Mädchen bewegt gedankenlos eine der kleinen Steckfiguren. Frau Grottenbast reagiert ärgerlich.
„Mit einem Läufer kannst du nicht springen!"
„Ach was, bitte nimm!" Sonja kippt ihren König um, reicht das Brett zurück. Sie schließt die Lider und kriecht tiefer unter ihre Decke. Frau Grottenbast schickt einen grimmigen Blick zu dem Neuling in der Halle hinüber, aber der bemerkt nicht, dass er von nun an hier im Sanatorium eine heimliche Gegnerin hat. Er hört den Rat des alten Sibius.
„Angst ist Gift für unsereins, das musst du wissen, Junge. Wer sich nicht wehrt, ist schon besiegt, so geht's im Leben und nicht nur mit Krankheiten."
Jochen Heiliger starrt in den Fichtenwald. Dort gurrt irgendwo eine Wildtaube. Er nimmt es nicht wahr. Seine Lippen bewegen sich beim leisen Sprechen kaum.
„Wehren … Wie denn? Da ist kein Feind, der sich zeigt, nicht mal ein Schmerz, gegen den man die Zähne zusammenbeißen könnte … Plastik … Mit Zwanzig ein Krüppel …"
Eine leise aufklingende, heitere Melodie lenkt ihn aus seinen Gedanken. Er hat den Lautsprecher bisher nicht entdeckt. Auf dem Liegebalkon 3, der eigentlich selbstzahlenden Privatpatienten vorbehalten ist und nur Platz für vier Pritschen bietet, steht ein Radio. Die dort eingeschaltete Sendung wird in alle Liegehallen übertragen. Schon nach einigen Minuten verebbt die Musik wieder. Freundlich meldet sich ein Sprecher.
„Es ist zehn Uhr und dreißig Minuten. Liebe Hörerinnen und Hörer, Sie empfangen RIAS Berlin, eine freie Stimme der freien Welt … Wir bringen Nachrichten …"

Jäh richtet sich Josef Heiliger auf. Westsender! Hier, in aller Öffentlichkeit! Er schaut nach rechts und links zu den Mitpatienten. Keiner protestiert? Niemand! Er holt tief Luft und will seinen Unwillen vernehmbar machen, doch so weit kommt es nicht. Oberschwester Walburga hat die Liegehalle betreten und sofort den aufrecht sitzenden Patienten entdeckt. Ihr Fauchen dringt bis in alle Winkel.
„Herr Heiliger! Es ist Liegekur! Ich darf doch annehmen, dass Sie Disziplin gelernt haben, nicht wahr?"
Hastig legt sich Josef Heiliger wieder zurück. Er kriecht tief in seine Deckenhöhle. Die Oberschwester patrouilliert gemessenen Schrittes entlang der Pritschen. Bei dem Mädchen Sonja bleibt sie stehen. Ihre Miene verändert sich, wird gütig. Besorgt ordnet sie die Decken der jungen Patientin, und in ihren Bewegungen ist wieder jene behutsame Zärtlichkeit, die erheblich von der ständig zur Schau getragenen, achtunggebietenden Strenge abweicht.
„Immer schön die Schultern zudecken, Liebes, hörst du?!"
Sie hebt das Kinn, streckt ihre Wirbelsäule und äugt gebieterisch. Ruhig und sehr bestimmt wendet sie sich an den Patienten Jochen.
„Wir müssen uns bei Ihnen bedanken!" Die offenkundige Verständnislosigkeit des jungen Mannes entlockt ihr ein feines, kaum wahrnehmbares Schmunzeln. „Zum Abendessen gibt es heute Biersuppe. Ich nehme doch an, dass der Kasten unter Ihrem Bett für unsere Küche bestimmt ist …"
„Für … für die … Su … Suppe?" Er starrt die Oberschwester entgeistert an. Erst allmählich dämmert ihm, dass der weiße Schreck von Hohenfels für ihn mit sanftem Zwang eine Brücke von harter Rüge hinüber zu freundlichem Dank baut. Er nickt fügsam. Seine Erwiderung klingt, als sei er den Tränen nahe. „Bitte! Natürlich für die Biersuppe!"
„Eine sehr schöne Geste von Ihnen. Gott vergelt's!"
Oberschwester Walburga ist zufrieden und wendet sich zum

Gehen. Sie hört nicht mehr, was der unfreiwillige Spender seinem Pritschennachbarn zuflüstert.
„Was heißt hier Gott, das war deins! Und wer bezahlt mir das nun?"
Jochen bekommt keine Antwort.

Der große, kupferne Gong im Foyer des Sanatoriums hat einen Durchmesser von mehr als einem Meter. Sein dunkles Dröhnen, das den Tagesablauf der Patienten vom frühen Aufstehen über die Liege- und Mahlzeiten bis zur abendlichen Bettruhe dirigiert, dringt nicht nur in alle Ecken vom Keller bis zum Dach vor, sondern schreckt sogar rings um das Haus die Waldvögel auf. Das Amt des Gongschlagens wird seit nunmehr einundzwanzig Jahren von Schwester Elfriede ausgeübt. Man tuschelt verstohlen, sie sei allein wegen dieser Aufgabe niemals in Urlaub gegangen und ohne Ehe geblieben. Pünktlich zur Mittagsstunde kommt die Greisin in Weiß im Trippelschritt eilig durch den Korridor zu der imponierenden Kupferscheibe. Sie zückt eine alte, klobige Taschenuhr, die jeden Antiquitätensammler entzücken würde, und lässt den Springdeckel hochklappen. Nun greift sie nach dem Klöppel, beobachtet konzentriert den Sekundenzeiger und nickt den Takt mit. Noch zwanzig ... fünfzehn ... Langsam holt sie zum Hieb aus ... zehn ... fünf ... drei ... Jetzt!
Das ist kein Zuschlagen, das sind von unglaublicher Körperkraft gezündete Explosionen!
Drei hallende Klöppelschläge lang ist Schwester Elfriede nicht die zierlich-kleine, schüchterne Greisin. Jetzt gehorcht das ganze Haus ihrem Zeichen. Sie fühlt und genießt den Augenblick. Hier, am Gong im Hall der Schläge, ist sie nach ihrem Empfinden ganz und gar Herz und Mittelpunkt des Sanatoriums Hohenfels. Sie allein bestimmt auf die Sekunde genau den Tagesrhythmus, und ihr Signal lautet jetzt: Mittagspause!
Es vergeht noch eine Viertelstunde, bevor es auf dem zum

Speisesaal führenden Korridor lebendig wird. Die Patientinnen und Patienten müssen sich nach der Liegekur erst umkleiden. Zu den gemeinsamen Mahlzeiten schreibt die Hausordnung gesellschaftsfähige Kleidung vor. Man geht paarweise. Jeder Herr hat eine Dame am Arm. Gesprochen wird nur im Flüsterton. Oberschwester Walburga holt Josef Heiliger und Hubertus Koschenz von ihrem Zimmer ab. Der junge Vikar trägt einen grauen, eine Nummer zu großen Anzug und auf grasgrünem Oberhemd einen blau-rot gestreiften Binder. Sein Zimmergenosse hat die dunkelblaue Ausgehuniform angezogen, lange Hose, Jacke mit silbernen Schulterstücken, Halbschuhe. Kein Koppel, keine Mütze. Die Miene der Oberschwester lässt erkennen, dass sie am Äußeren der beiden Neulinge einiges auszusetzen hätte, aber sie belässt es bei kurzer, stummer Missbilligung.

Respektvoll, mit einem Schritt Abstand, folgen Volkspolizist und Vikar der Oberschwester. Sie bewegen sich beide steif und verkrampft, als seien sie auf dem Weg zum Zahnziehen. Vor der Tür des Zimmers Nummer 17 bleiben sie stehen. Walburga klopft an.

„Sind Sie bereit, meine Damen? ... Ihre Tischherren warten!"
Offenbar haben die beiden Patientinnen schon hinter der Tür gestanden. Sie treten heraus. Die Oberschwester übernimmt formvollendet die Vorstellung.

„Ich darf bekannt machen ... Frau Grottenbast ... Herr Heiliger, Ihr Tischherr!"

Mein Gott, zwei Löcher in der Lunge, einen Pfaffen im Zimmer und nun auch diese Strafe noch, schießt es Josef Heiliger durch den Kopf. Das altjüngferliche weibliche Wesen ist in keiner Weise das, was er sich unter einer Tischdame vorgestellt hat. Es macht ihm einige Mühe, seine Enttäuschung zu verbergen. Unsicher streckt er seine Rechte zum Gruß aus, hält das aber im gleichen Moment für ungebührlich und zieht die Hand zurück, ehe Frau Grottenbast zufassen kann. Er ent-

scheidet sich für eine freilich recht linkisch ausfallende Verbeugung und sucht dabei ein paar ihm angemessen erscheinende Worte zusammen.
„Ich … Das ist … Also angenehm …" Nun greift er doch nach der noch halb erhobenen Hand und schüttelt sie wie die eines langjährigen Gefährten aus dem Jugendverband. „Wirklich, Frau Grottenbart … Freundschaft!"
„Grotten*bast*!"
„Oder so!"
Auch das fassungslose Kopfschütteln der Oberschwester bleibt gemessen. Sie wendet sich dem anderen Paar zu und wiederholt das Ritual der Vorstellung.
„Fräulein Sonja Kubanek … Herr Hubertus Koschenz!"
Der junge Vikar strahlt. Er verbeugt sich gekonnt und reicht dem blassen, hübschen Mädchen galant den Arm. Höflich überlässt er Josef Heiliger und dessen Tischdame den Vortritt. Am Eingang zum Speisesaal stauen sich die Paare. Es fällt auf, dass man bei Zuordnung der Partner, wohl um engeren Bindungen entgegenzuwirken, auf einen möglichst großen Altersunterschied zwischen Tischdame und Tischherr geachtet hat. Hubertus und Sonja sind eine der wenigen Ausnahmen. Im Gedränge vor der Tür nimmt Josef Heiliger eine Gelegenheit wahr. Er wendet den Kopf und flüstert seinem Zimmergenossen hastig einen Vorschlag zu.
„Lass uns tauschen, Herr Pfarrer!"
Hubertus Koschenz grinst. Seine Tischdame soll die Antwort nicht hören.
„Ich hab's an der Lunge, Genosse Heiliger, nicht am Kopf!"
Der Speisesaal hat hohe Bogenfenster und eine kunstvoll mit Akanthus-Ornamenten gestaltete Stuckdecke. An drei langen und sauber gedeckten Tafeln haben paarweise nebeneinander die Patientinnen und Patienten Platz genommen. Es sind fast hundert Personen. Das Sanatorium ist ausgebucht.
Roter Most schimmert in den Gläsern. Zwei Küchenhilfen

haben die Vorsuppe serviert, aber niemand rührt einen Löffel an. Alle warten in nahezu feierlicher Stille. Josef Heiliger sieht zwei nussgroße Fleischklopse verlockend im Teller schwimmen. Er spürt seinen leeren Magen und lässt sich verleiten. Das leise Klirren seines Löffels zieht unwillige Blicke heran, die ihm seinen Verstoß gegen die hier herrschende Sitte bewusst machen. Verlegen legt er das Essgerät wieder zurück. Die Schwestern sitzen an einer Tafel, die an der Stirnseite des offenen Vierecks eine Art „Präsidiumstisch" bildet. Genau in der Mitte ist ein Stuhl frei geblieben. Oberschwester Walburga und Schwester Elfriede haben sich rechts und links davon niedergelassen. Stumm und reglos zurückgelehnt halten die Weißgekleideten allesamt die gefalteten Hände auf dem Schoß. Erst das Erscheinen des Chefarztes löst die Starre. Nun sind alle Augen auf Doktor Stülpmann gerichtet. Allein das Mädchen Sonja schaut in eine andere Richtung. Ihre Aufmerksamkeit gilt unverhohlen dem jungen Mann in Uniform, der ihr gegenüber sitzt und ebenfalls zu dem Mann hinschaut, von dem sich alle an den drei langen Tafeln Heilung erhoffen. Josef Heiliger nimmt Sonjas Interesse nicht wahr. Er beobachtet amüsiert den würdevollen Einzug des Chefarztes. Es erinnert ihn an das selbstherrliche Gebaren eines Polizeirates, der von Zeit zu Zeit die Dienststelle inspizierte, bei jeder Gelegenheit von seiner proletarischen Herkunft schwatzte und keinem Untergebenen die unbekleidete Hand gab.
Es müsste ein Gesetz geben, das allen Leuten mit höherem Rang auferlegt, beim Ausüben ihres Amtes und bei allen öffentlichen Auftritten eine runde, knallrote Pappnase zu tragen, überlegt Josef Heiliger, und er stellt sich den Chefarzt mit so einer Knolle im Gesicht vor. Eitelkeit unmöglich. Schluss wäre mit aller Liebedienerei und Arroganz. Lachend kann keiner katzbuckeln ... Aber jetzt ernst bleiben, Jupp!
Doktor Stülpmann überschaut die Schar der auf sein Wort wartenden Patienten. Sein Tischspruch ist das Zeichen zum

Beginn des Essens: „Nostra salus agitur ... Gesegnete Mahlzeit!"
Augenblicklich zerbröckelt die Stille. Essbesteck klirrt. Leise Gespräche füllen den Raum mit Geraune. Josef Heiliger neigt sich seiner grämlich dreinschauenden Tischdame zu.
„Was hat er gesagt?"
Sie kneift vor ihrer Antwort abschätzig die Mundwinkel ein.
„Es handelt sich um unser Wohl und Wehe ... Cicero!"
Man isst kultiviert. Die Küchenhilfen tragen das Hauptgericht auf. Aus den Augenwinkeln beobachtet Josef Heiliger, wie ein älterer Herr beim gezierten Hantieren mit Messer und Gabel die kleinen Finger steif ausgestreckt hält. Es entgeht ihm auch nicht, dass eine dunkeläugige, attraktive Dame heimlich ihre kleine Fleischportion auf den Teller ihres Tischherrn schmuggelt.
„Wissen Sie, Herr Heiliger, Albert, mein Schulfreund, der war auch Offizier. Flieger." Frau Grottenbast hat sich anders besonnen. Essen stimmt sie friedfertig. Sie spricht leise und wohlartikuliert. „Wir standen kurz vor unserer Verlobung, damals ... Ich finde ja, die Uniform bringt einen Mann erst richtig zur Wirkung, nicht wahr?!"
Ihm fällt dazu nur ein, was die Dame womöglich verletzen könnte, deshalb belässt er es bei einem kurzen, unbestimmten Brummlaut. Er begegnet dem Blick Sonjas. Sie lächelt ihm zu. Der Glanz in ihren grauen Augen verwirrt ihn. Er hat nicht viel Erfahrungen mit weiblichen Wesen. Sein erster ernsthafter Versuch war in Berlin, im Treptower Park, gescheitert. Beim ersten Deutschlandtreffen der Jugend. Sein scheues Tasten unter die blaue Bluse einer Jungaktivistin aus Pirna hatte nach einer Weile lustvoll-gesteigerte Erwartungen herb enttäuscht und Mitleid erregt. Von Politik verstehst du vielleicht was, Kleiner, aber für's Knutschen und Bumsen, da musst du noch 'ne ganze Menge lernen! Der Satz ist ihm danach noch wochenlang im Gedächtnis geblieben, bis ihn auf dem Zeltplatz

bei Koserow an der Ostsee eine geübte Arztwitwe während zehn anstrengender Urlaubstage heftig in die Liebeslehre genommen hatte. – Verlegen löst sich Josef Heiliger aus Erinnerungen. Zwischen jedem Bissen schaut er prüfend in die Runde. Herrjeh, die tragen ihre Köpfe wie auf gläsernen Hälsen, stellt er fest. Und die Dame dort mit den Perlgehängen an den Ohren, die isst nicht mit Messer und Gabel, die dirigiert! Wahrscheinlich ist hier der Ort, wo für den Begriff „Essen" das Wort „Speisen" erfunden wurde. Was sind das für Leute? Der Brillenträger dort drüben zum Beispiel, interessiert der sich vielleicht nur dafür, ob sein nächster Sputumbefund positiv oder negativ ausfällt, beschäftigen ihn die eigene Temperatur und der regelmäßige Stuhlgang, oder macht er sich auch Gedanken über die Wahlen im Oktober, über den Krieg in Korea, über die Zukunft in Deutschland? Sind das hier alles bloß die Fußkranken der Revolution oder gibt es auch welche, die sich mit den Motten nicht den Sinn für unsere Zeit und unsere Zukunft auffressen lassen? Sind hier außer mir noch andere Parteimitglieder, wenigstens drei oder vier? Wieder schaut Josef Heiliger auf sein Essen, doch seine Gedanken wandern weit zurück, verwandeln den Teller in eine billige Aluminiumschüssel, halbgefüllt noch mit dünner Graupensuppe. Rund anderthalb Jahre liegt das alles jetzt hinter mir ...

Die schnurgerade Schneise spaltet den Wald. Ein langer, zwei Meter tiefer Graben schneidet in den steinigen Boden. Stundenlanger Nieselregen hat lehmige Pfützen gefüllt. Mädchen und Jungen, durchnässt bis auf die Haut, dringen mit Spitzhacken und Schaufeln weiter und weiter in das zähe Erdreich ein. Sie schaffen Platz für eine Rohrleitung. Das Ziel haben sie mit Kreide auf eine Tafel geschrieben. Ein schwarzes Brett aus den Trümmern einer abgebrannten Scheune: WASSER FÜR MAX.

In der Maxhütte im thüringischen Unterwellenborn schufteten die Schmelzer bis zur Erschöpfung. Stahl wurde gebraucht. In den zerstörten Städten und Fabriken wartete man darauf, überall, wo wieder aufgebaut werden musste, was der Krieg in Trümmer gelegt hatte oder was von den Siegern als Beute weggeholt worden war. Aber Wassermangel setzte dem Fleiß der Stahlwerker Grenzen. Eine neue Leitung zwischen Saale und Werk musste her. Schnell. Jeder verlorene Tag wog Tonnen glutflüssiger Schmelze. Der Jugendverband übernahm die Patenschaft und rief zum Einsatz. Aus allen Gegenden kamen Studenten, Oberschüler, Volkspolizisten. Die meisten freiwillig, manche auch mit der heimlichen Hoffnung auf einen Vorteil, vielleicht hinsichtlich einer bevorzugten, amtlichen Wohnungszuweisung, einer Lebensmittel-Sonderzuteilung oder einer Geldprämie. Einige hatten freilich auch nur dem mehr oder weniger deutlichen Zwang eines Klassenlehrers, Rektors oder Dienstvorgesetzten nachgegeben. Einer von denen, die sich spontan und ohne jedes Zögern gemeldet hatten, war Josef Heiliger gewesen.

Am Vormittag dreht schwacher Wind auf Südsüdwest und fegt den Himmel. Die Märzsonne wärmt. Kleidung trocknet am Leib. Eine Stunde später arbeiten einige der jungen Männer schon mit nacktem Oberkörper. Auch Josef Heiliger gehört dazu. Gegen Mittag schlägt einer mit seiner Hacke gegen das meterlange, von einem Ast herabbaumelnde Stück einer Bahnschiene. Stahl auf Stahl. Das Läuten kündigt an: Essenausgabe.

Die Portionen sind abgezählt. Zweiundfünfzigmal zweihundert Gramm Brot zur Suppe. Heute bleiben drei Rationen liegen. Gestern waren es fünf. Die zwischen zwei Baumstämme gespannte Losung wirkt. HAU RUCK ODER HAU AB fordert die Schrift auf dem roten Tuch. Josef Heiliger hockt nicht weit davon auf einem Baumstumpf. Er stellt die geleerte Suppenschüssel zur Seite und kaut den letzten Bissen Brot.

Ein paar Schritte von ihm entfernt stößt einer der Jungen einen Freudenschrei aus und hebt den Löffel. Im Nu ist er von ein paar Neugierigen umringt. Er zeigt seinen Fund. Fleisch! Ein Brocken, so groß wie ein Taubenei! Gelächter schallt über den ausgehobenen Graben und weit hinein in den Wald ...

Es ist, als führe das Lachen Josef Heiliger aus der Erinnerung zurück in die Gegenwart. Sein Teller ist leer. Er legt Messer und Gabel so nebeneinander ab, wie er es bei seiner Tischdame sieht. Vorn an der Tafel, die gleich neben dem „Präsidiumstisch" den Privatpatienten vorbehalten ist, kichert die Tischdame eines Herrn Truvelknecht, Fabrikant aus Chemnitz. Josef Heiliger sieht, wie das Paar zu ihm herüberschaut. In ihm reift ein Entschluss, zaghaft zuerst, doch immer drängender. Er wirft Hubertus Koschenz einen Blick zu. Der Vikar ist andächtig damit beschäftigt, den Soßenrest auf dem Teller mit letzten Kartoffelstückchen zu vermengen. Es ist entschieden: Er greift nach dem Kompottlöffelchen, zielt auf das Mostglas, klopft verhalten dagegen und wartet auf eine Reaktion. Vergeblich. Das leise Läuten ist im Geflüster der Unterhaltungen und im schwachen Geklirr der Bestecke untergegangen. Nur das Mädchen Sonja, Frau Grottenbast und Hubertus Koschenz haben es bemerkt. Sie schauen ihn verdutzt an. Der Vikar hält erstaunt mit dem Kauen inne. Die Blicke stacheln Josef Heiligers Trotz an. Er holt ein zweites Mal aus. Beherzt schlägt er zu.

Das Glas zerspringt!

Roter Most färbt das Tischtuch!

Das laute Geräusch alarmiert.

Jetzt sind alle Blicke auf Josef Heiliger gerichtet. Kein Flüstern mehr, kein Klappern von Essbestecken. Grabesstille. Auch Doktor Stülpmann hat Messer und Gabel aus der Hand gelegt. Stirnrunzelnd lehnt er sich zurück, greift zur Serviette und betupft seine Lippen. Das Geschehen verwirrt ihn. Was da passiert, hat es seit Bestehen des Sanatoriums noch nicht gegeben.

Josef Heiliger spürt, wie ihm Hitze ins Gesicht steigt. Stirn und Wangen glühen. Frau Grottenbast drückt ihm verstohlen ein Papiertaschentuch in die Hand. Mechanisch versucht er, den angerichteten Schaden zu bereinigen. Wer den Mund spitzt, muss auch pfeifen, denkt er und zwingt sich zum Aufstehen. Ihm ist dabei, als trüge er Ziegelsteine auf jeder Schulter. Eben wusste er noch, was er sagen wollte, doch jetzt flattern ihm die Worte unausgesprochen davon wie aufgeschreckte Vögel. Was er hervorpresst, ist kaum verständliches Gestammel.

„Liebe Freun … Also … Meine verehrten … Liebe Kolleginnen und Kollegen … es dreht sich … dreht sich um eine Sache!"

Wieder wird gekichert, diesmal nur am Tisch der Privatpatienten. Ganz sicher unbeabsichtigt hilft der feine Spott dem Sprecher. Er strafft sich. Seine Stimme wird klar und bestimmt, geradeso, als stünde er nun vor einer zum Appell angetretenen Truppe.

„Alle Genossinnen und Genossen treffen sich am Sonnabend nach der Schweigekur, also 15 Uhr, im Leseraum … Zwecks einer wichtigen Besprechung … Das war's!"

Er setzt sich wieder, löffelt sein Kompott, als sei nichts Ungewöhnliches geschehen und tut so, als bemerke er gar nicht, dass niemand im Saal mit dem Essen fortfährt. Alle sitzen wie versteinert. Auch Sonja und Hubertus Koschenz betrachten ihn, als sei er eine außerirdische Erscheinung.

Am Tisch der Privatpatienten neigt sich Herr Truvelknecht seiner Tischdame zu. Sein Flüstern ist allein für sie bestimmt.

„Was soll er machen, wenn er seine Befehle hat … Mir kam als Offizier auch nicht immer alles aus der eigenen Seele. Aber seien Sie ganz beruhigt, meine Liebe, das hält sich nicht lange … Sonst wär's ja auch höchste Zeit für mich, mein kleines Unternehmen nach drüben zu verlagern …"

Die dunkelhaarige, auffällig geschminkte Frau kichert wieder.

Sie stößt ihn sanft mit der Schulter an.
„Klein? Na hören Sie, Herr Truvelknecht! Eine Fabrik mit hundert Leuten ..." Sie wird unterbrochen. Wieder klingt ein Glas!
Jetzt ist Hubertus Koschenz aufgestanden. Er spricht mild und freundlich, als müsse er schon im Voraus für sein Anliegen um Nachsicht bitten.
„Und ich möchte Sie alle sehr herzlich zu einer gemeinsamen Bibelstunde einladen. Am Sonnabend im Leseraum. 17 Uhr ..." Er schaut auf Josef Heiliger herab. Der sichtliche Unwillen in dessen Miene amüsiert ihn. Er unterdrückt sein Schmunzeln, bleibt liebenswürdig und bescheiden. „Mehr als eine Stunde werdet ihr ja nicht brauchen, oder ...?" Keine Antwort, nur ein grimmiger Blick. Ruhig schaut er in die Runde und neigt, bevor er sich wieder setzt, ein wenig den Kopf. „Ich danke Ihnen herzlich für Ihre Aufmerksamkeit!"
Doktor Stülpmann legt die Hände auf den Tisch. „Hat noch jemand eine Bekanntmachung? Nein? ... Sehr beruhigend!" Er zieht die Kompottschale heran. Sein Weiteressen ist Signal für alle.
Langsam, wie im Zeitlupentempo, verzehren Josef Heiliger und Hubertus Koschenz den Nachtisch. Sie beachten dabei nicht, was sie auf dem Löffel haben. Unter gesenkten Stirnen hervor belauern sie sich mit ihren Blicken wie Ringkämpfer auf der Matte.
Ich war der Schnellere, denkt Josef.
Ich war der Bessere, urteilt Hubertus.
Und jeder genießt einen kleinen, vermeintlichen Sieg. Keiner von ihnen nimmt den Schatten wahr, der über Sonjas auch in Blässe schönes Gesicht zieht. Ihr schmollendes Murmeln erreicht die beiden jungen Männer nicht.
„Schade um die schönen Freistunden am Sonnabendnachmittag ..."

Der frühe Tag ist kühl und nebelig. Hinter den Bergen färbt die aufgehende Sonne den Himmel feurig-rot. Im Wald gurren die Tauben ihren Morgengruß. Schwester Elfriede tritt aus dem Nebengebäude. Wie seit eh und je atmet sie die mit Harz- und Fichtenduft geschwängerte Luft genau zwölf Mal tief ein und aus. Sie ist überzeugt, dass sie nach Gottes Segen nicht zuletzt diesem Ritual ihre geistige und körperliche Frische verdankt. Munter trippelt sie hinüber zum Haupthaus, wo trotz der kalten Nacht fast alle Fenster weit geöffnet sind. Der lange Korridor ist in mattes Lampenlicht getaucht. Eine der Türen zu den Patientenzimmern wird spaltweit geöffnet, aber hastig wieder geschlossen. Schwester Elfriede naht. Unter den kleinen Schritten der Greisin knarrt der Parkettboden. Hinter ihrem Rücken schlüpft ein Patient aus dem Zimmer. Es ist jener Mann, dem seine Tischdame bei den Mahlzeiten regelmäßig und diskret einen Teil der eigenen Fleischration spendet. Er heißt Sittich. Eilig überquert er den Gang und verschwindet hinter einer der gegenüberliegenden Türen, aus der sich Sekunden später die Dame löst, deren Perlenohrringe am Mittag aufgefallen sind. Jetzt ist sie in einen kurzen Bademantel gehüllt, der ihre langen, bemerkenswerten Beine bis über die Knie unbedeckt lässt. Hastig huscht sie in das Zweibettzimmer, aus dem Sittich kam. Bäumchen, Bäumchen, wechsel dich! Ein beliebtes Spiel bei einigen Patientinnen und Patienten unter sechzig, von Ausnahmen abgesehen. Hoher Preis und hoher Einsatz. Wer erwischt wird, muss sofort die Koffer packen. Ende der Behandlung auf Kosten der Krankenkasse. Blitzkur wird das genannt und – gefürchtet.
Die Patientinnen und Patienten unterschätzen Schwester Elfriede. Sie trauen der Greisin kein Gehör zu, das knarrende Dielen wahrnimmt. Ihr Mienenspiel hätte Herrn Sittich und die Perlendame schnell belehrt, dass alte Leute zuweilen mit ihren Ohren weit besser dran sind, als es welke Haut, dicke Brillengläser und Witwenbuckel vermuten lassen. Auch ohne

einen Blick über die Schulter weiß die Endsiebzigerin, was hinter ihrem Rücken vorgeht. Lasst euch bloß nicht mal von Walburga erwischen, denkt sie und schenkt den Liebeshungrigen auch an diesem Morgen wieder ein nachsichtiges Schmunzeln.

Nachdem sie die über Nacht aus Sparsamkeitsgründen geschlossene Warmwasserleitung geöffnet hat, eilt Schwester Elfriede zurück in das Foyer. Sie holt ihre Springdeckeluhr hervor und beobachtet, während sie den Klöppel hebt, kopfnickend den Takt des kleinen Zeigers. Auf die Sekunde genau um sieben Uhr erlaubt die Greisin den offiziellen Tagesanbruch für Patientinnen und Patienten.

In einer Hinsicht gleichen Josef Heiliger und Hubertus Koschenz einander wie eineiige Zwillinge. Sie sind beide das absolute Gegenteil von dem, was man landläufig Morgenmuffel nennt. Schon ein paar Minuten nach dem Wecksignal stehen sie, Rücken zu Rücken gekehrt, vor ihren Waschtoiletten und seifen sich für die allmorgendliche Rasur ein. Josef Heiliger pfeift dabei leise und vergnügt die Melodie des Liedes von dem kleinen Trompeter, der ein lustiges Rotgardistenblut gewesen sein soll. Auch Hubertus Koschenz summt, wohlklingend und mit wachsender Inbrunst, vor sich hin. Ein Kirchenlied, so empfindet es jedenfalls Josef Heiliger. Weshalb nicht, denkt er. Hubertus ist Pfaffe, da passt das zu ihm. Soll er doch! Aber damit es nicht erst zu Verwechslungen kommt ... Leise beginnt er zu singen.

„Auf, Sozialisten, schließt die Reihen, die Trommel ruft, die Banner weh'n ..."

Gesang und Rasur passen nicht recht zusammen, wenn Seifenschaum und Liedtext einander auf des Sängers Zunge begegnen. Josef Heiliger schneidet ulkige Grimassen, obwohl ihm gar nicht lustig zumute ist. Auch Hubertus Koschenz kann nicht über die unbeabsichtigten Faxen seines Zimmergenossens lachen. Er ist ärgerlich. Wenn du hier schon vor

dem Frühstück deinen roten Trompetenzwerg marschieren lässt, darf ich wohl ein gutes Wort dagegen halten, denkt er, fixiert das Spiegelbild seines Gegenübers und führt seine an Psalmen geübte, kräftige Stimme ins Feld.
„Gott, ich danke dir von Herzen, dass du mich in dieser Nacht vor Gefahr, Angst und Schmerzen hast behütet und bewacht, dass des bösen Feindes List mein nicht mächtig worden ist …"
Schon bei der ersten Zeile der Nummer 266 aus dem Deutschen Evangelischen Gesangbuch stutzt Josef Heiliger. Was ist das? Provokation? Will der mich verscheißern? Der böse Feind mit List – meint der mich? Na warte, du hast ja keine Ahnung, wie ein Marschlied geschmettert wird!
„Es gilt, die Arbeit zu befreien", legt er los und übertönt, wenn auch nur kurz, das Kirchenlied des jungen Vikars. „Es geht um unser Aufersteh'n … Der Erde Glück, der Sonne Pracht, des Geistes Blitz, des Wissens Macht, das ist der Arbeit heiliger Krieg …" Und … wie weiter? Ich hab' s doch drauf gehabt, erst neulich, Himmelherrgottsakramentnochmal …
Hubertus Koschenz erkennt die Schwäche. Er nutzt sie augenblicklich mit gesteigerter Lautstärke: „Deinen Engel zu mir sende, der des bösen Macht, List und Anschläg von mir wende und mich Halt' in guter Acht, der auch endlich mich zur Ruh' …"
Wende? Von wegen Wende! Nichts ist mit Wende! Josef Heiliger vergisst das Rasieren. Er hebt das eingeseifte Kinn und strapaziert seine Stimmbänder bis an die Leistungsgrenze. „Wacht auf, Verdammte dieser Erde, die stets man noch zum Hungern zwingt …"
Jetzt fährt auch Hubertus Koschenz herum. Wenn du einen Sängerkrieg willst, das kannst du haben, Jupp!
Unten vor dem Haupthaus hält der Kutscher mit der morgendlichen Milchfuhre seinen Gaul an. Aus dem offenen Fenster des von Heiliger und Koschenz bewohnten Patientenzimmers schallt der laute, merkwürdige Gesang über die Grün-

anlage bis zum Wald hinüber. Der Alte auf dem Kutschbock lauscht und grinst. Hier und da erscheinen Patientinnen und Patienten an den Fenstern. Neugierig recken sie die Hälse, halten Ausschau nach der Quelle der disharmonischen Darbietung. Die Sänger übertreffen sich gegenseitig mit:
„... das Recht, wie Glut im Kraterherde, nun mit Macht zum Durchbruch drängt ..."
„Ein feste Burg ist unser Gott, ein gute Wehr und Waffen ..."
„... duldet nicht der reichen Rechte, Heer der Sklaven, wache auf ..."
„... Der alt böse Feind, mit Ernst er's jetzt meint, groß Macht und viel List ..."
„... unmündig nennt man uns und Knechte, alle zusammen strömt zuhauf ..."
„... sein grausame Rüstung ist, auf Erden ist nicht seinesgleichen ..."
Jochen, auch jetzt schon mit der Baskenmütze auf dem Kopf, beugt sich aus dem Fenster zu dem nebenan herausschauenden Sibius hin. Er tippt sich an die Schläfe. Sein trockener Kommentar besteht nur aus einem einzigen Wort.
„Akademiker!"
Zwei Zimmer weiter stehen Frau Grottenbast und Sonja Kubanek am Fenster. Das Mädchen hat die Stimmen sofort erkannt. Sie lacht.
„Wieso Skandal, ich find's lustig!"
Das lärmende Duett ist auch in die Räume des Nebenhauses eingedrungen und hat die Oberschwester alarmiert. Hochrot im Gesicht stürzt sie aus der Tür und stürmt herbei. Im Vorbeilaufen faucht sie dem Kutscher eine Rüge zu.
„Soll die Milch sauer werden?!"
Das Grinsen des Alten wächst in die Breite. Er schaut hinter ihr her und denkt nicht daran, die günstige Stelle zum Mithören zu verlassen.
Oben im Zimmer artet der Gesang nun in Gebrüll aus. Das

Rasieren ist für beide Heißsporne vergessen. In ihren Gesichter glühen rote Flecken. Auge in Auge schwingen sie ihre Pinsel wie Säbel. Schaumflocken fliegen. Sie schlagen mit ihren Lieder aufeinander ein, als stünden sie in Mensur. Was noch an Kraft in ihren kranken Lungen steckt, setzen sie dabei ein.
„Es rettet uns kein höh'res Wesen, kein Gott, kein Kaiser, noch Tribun …"
„… Er hilft uns frei aus aller Not, die uns jetzt hat betroffen …"
„… Uns aus dem Elend zu erlösen, können wir nur selber tun …"
„… Und wenn die Welt voll Teufel wär' und wollt uns gar verschlingen …"
Eine Donnerstimme, dröhnender noch als der Doppelgesang, schneidet den Wettstreit jäh ab.
„Ruhe! Schluss!"
Oberschwester Walburga!
Der weiße Schreck von Hohenfels!
Wie eine leibhaftige Göttin des Zorns steht sie auf der Schwelle. In ihren Augen lodert Empörung. Jedes Wort ist Hieb und Stich.
„Herr Heiliger! Herr Koschenz … Zum Chefarzt! Alle beide!"
Die Tür knallt ins Schloss. Die beiden Zimmerbewohner starren der Oberschwester sekundenlang stumm nach, dann schauen sie einander an und ähneln einen Moment lang zwei Hundertmeterläufern, die gerade nach hartem Wettkampf Seite an Seite durch's Ziel gekommen sind. Ihre Blicke sind Fragen. Kein Sieger? Was war das eben eigentlich? Totes Rennen? Nein, so was ist doch nicht wie Krieg gemeint, Herrgottnochmal! Eine Balgerei mit Gesang! Ein Jux … Oder?
Ihre Mienen entspannen sich gleichzeitig. Sie lachen. Beide. So laut, dass es auch der Alte unten auf dem Kutschbock hören kann. Na also, denkt er grienend und schnalzt mit der Peitsche.

Das hochspannungs- und strahlungssichere Gerät im Röntgenraum des Sanatoriums stammt aus dem Jahr 1937. Doktor Stülpmann beherrscht es virtuos. Ruhig, sicher und konzentriert wie ein geübter Jäger sucht er mit dem Durchleuchtungsschirm die Lunge des Patienten nach den lebensbedrohenden Fraßplätzen der Tuberkulosebazillen ab. Eine Bleiglasscheibe, Schutzbrille, bleigefütterte Handschuhe und eine schwere Schürze sollen ihn vor den gefährlichen Strahlen bewahren. Der Raum ist abgedunkelt. Aus dem Hochspannungserzeuger im geerdeten Metallschrank klingt dumpfes Summen. In einer Zimmerecke steht die hochbeinige Liege für die Patienten, denen ein Pneu angelegt oder aufgefüllt werden soll. Jetzt ist die dazu dienende Apparatur unter einem Laken verborgen. Daneben ist Hubertus Koschenz beim Ankleiden. Er hat die Prozedur hinter sich. Das von Röntgenstrahlen gezeichnete, fluoreszierende Schattenbild auf dem Sichtschirm erlaubt jetzt den Blick in Josef Heiligers Brustkorb, macht die Rippen erkennbar, das rhythmisch zuckende Herz, die zerlöcherte Lunge. Bei ihm dauert das Durchleuchten länger. Seine Haut wird feucht, obwohl es kühl im Raum ist. Kalter Schweiß rinnt aus seinen Achselhöhlen. Erleichtert atmet er auf, als der Chefarzt endlich das Gerät abschaltet und sich von der zurückgeschobenen, fahrbaren Schutzkanzel erhebt.
„Fertig! Sie können sich auch wieder anziehen!"
Doktor Stülpmann schiebt seine dunkle Schutzbrille auf die Stirn. Er zieht die Handschuhe aus und lässt am Fenster das Verdunklungsrollo hochrasseln. Die Bleischürze legt er noch nicht ab. Über den Vorfall in aller Frühe hat er bisher noch kein Wort verloren. Nun erst wendet er sich den beiden jungen Männern zu. Seine Stimme klingt ruhig, zu ruhig freilich, um dahinter nicht schon aufziehendes Donnerwetter ahnen zu lassen.
„Sie haben offenbar noch nicht ganz begriffen, wo Sie sich hier befinden, meine Herren. Und, warum Sie sich hier befin-

den! Das ist nämlich kein Spaß, was Sie da in der Brust haben – das ist der Tod im Galopp!"

Die beiden morgendlichen Ruhestörer stehen nebeneinander. Josef Heiliger kriecht in sein Hemd. Hubertus Koschenz fingert noch an seinen Knöpfen. Doktor Stülpmann tritt an die beiden heran. Seine Worte werden scharf und zwingend.

„Es ist das Omega Ihrer kurzen Jahre, wenn Sie nicht ab sofort verdammt viel Geduld, Vernunft und dazu noch eine gehörige Portion Glück haben. Ich verlange von Ihnen ein Optimum an Reife! An Takt! Und an Toleranz!"

Josef Heiliger rafft sich zu einem Einwand auf.

„Aber nicht in einem Zimmer!"

Auch Hubertus Koschenz ist dieser Meinung. Er will nicht, dass es so aussieht, als wünschte nur sein Mitbewohner die Trennung.

„Ich glaube auch, dass es für uns beide besser wäre ..."

Josef Heiliger wirft dem Vikar einen dankbaren Blick zu, bevor er sich wieder an den Doktor wendet.

„Zwischen uns sind Welten, Herr Chefarzt! Antagonistische Widersprüche!"

Das Fremdwort und dessen Bedeutung hatte er im marxistischen Zirkel gelernt. Es geht ihm leicht von der Zunge, denn er benutzt es bei jeder passenden und manchmal auch unpassenden Gelegenheit. Immer jedenfalls, wenn sich von ihm zwei verschiedene Dinge absolut nicht unter einen Hut bringen lassen wollen.

Hubertus Koschenz spricht besonnen und mit gemessenem Nachdruck aus, was ihr dringender, gemeinsamer Wunsch ist.

„Legen Sie uns auseinander, Herr Doktor ... Bitte!"

„Bitte!" pflichtet ihm Josef Heiliger ebenso eindringlich bei.

Einen Augenblick schaut Doktor Stülpmann die beiden jungen Patienten nachdenklich an. Er muss sich zwischen therapeutischer Logik und den aus seiner Sicht höherwertigeren, geheiligten Prinzipien humanitärer Ethik entscheiden. Ihm

ist klar, dass er allein vom ärztlichen Standpunkt aus ein Risiko eingeht, wenn er jetzt der Pädagogik den Vorzug gegenüber der Medizin gibt, dennoch tut er es.
„Draußen im Leben können Sie auch keinen Bogen umeinander machen. Sie müssen miteinander auskommen, meine Herren. Und wenn Sie das nicht können, dann taugt Ihr Sozialismus, Herr Heiliger, genauso wenig wie Ihr Christentum, Herr Koschenz! Wir leben nämlich auf einer Erde … Und wenn zwei junge, intelligente Männer mit unterschiedlichen Weltanschauungen nicht einmal um den Preis der Gesundheit, um den Preis ihres eigenen Lebens sogar, für ein paar Monate in einem Haus und einem Zimmer friedlich miteinander auskommen können, dann sieht es, verdammt noch mal, beschissen aus um die Menschheit! … Ja, was ist denn?"
Unwillig reagiert der Chefarzt auf das Klopfen an der Innentür. Oberschwester Walburga tritt ein. Sie bringt eine Mappe. Den beiden morgendlichen Sängern gönnt sie keinen Blick.
„Die Schichtergebnisse von Fräulein Sonja, Herr Chefarzt!"
Doktor Stülpmann öffnet die Mappe. Er überfliegt den Bericht, dem einige Röntgenbilder beigefügt sind. Was er liest, macht ihn offensichtlich so betroffen, dass er darüber für einen Moment die Anwesenheit der beiden jungen Männer vergisst. Erst, als Josef Heiliger ihn mit einem leisen Räuspern an die noch ausstehende Entscheidung erinnert, hebt er den Kopf.
„Sie bleiben in einem Zimmer … Ab!"
Verlegen und stumm gehen die beiden zur Tür. Josef Heiliger greift nach der Klinke, lässt jedoch, mit einer höflichen Geste, dem Vikar an der Innentür den Vortritt. Hubertus Koschenz erwidert das Entgegenkommen an der Außentür, wo er nun zuvorkommend erst seinem Begleiter den Schritt über die Schwelle gewährt.

Morgens kurz nach halb acht wird es still im Sanatorium Hohenfels. Die erste Liegekur hat begonnen. Klare, reine

Waldluft soll Balsam sein für die angegriffenen Lungen. Bereits eingehüllt in Decken, setzen in Hallen 2 und 3 schon einige müde Langschläfer ihre um sieben von den Gongschlägen der Schwester Elfriede abgebrochenen Nachtruhe fort, andere lesen, plaudern leise mit den Liegenachbarn, lassen stumm und unansprechbar ihre Gedanken segeln oder warten auf den Beginn der Übertragung aus dem Lautsprecher.
Herr Truvelknecht kommt als Letzter zu seiner Pritsche auf dem Liegebalkon der Privatpatienten. Zum schlichten, dunklen Trainingsanzug trägt er einen weißen Seidenschal. Bevor er in die Decken kriecht, widmet er sich dem neben seiner Pritsche stehenden Radio. Ein Blaupunkt-Super, der im Wohnzimmer der Burgbaums stand, bis sich die Familie im Juni 1945 mit den abziehenden Amerikanern und vor der anrükkenden Roten Armee nach dem Westen absetzte.
Mit kundigem Griff schaltet er das Gerät ein, sucht den eigenen Lieblingssender, regelt Klang und Lautstärke, rollt sich dann zufrieden in die Decken. Seine Programmwahl wird in alle Liegehallen übertragen.
Auch in der Liegehalle 1 ertönt aus dem Lautsprecher das Sendezeichen und danach die wohlklingende Ansage des Rundfunksprechers. Hier sind die Patientinnen und Patienten noch dabei, sich in ihren Decken und auf den Pritschen einzurichten. Vorläufig schenkt niemand der ausgewählten Sendung besondere Aufmerksamkeit.
„Hier sind der Westdeutsche Rundfunk, RIAS-Berlin, Radio Bremen, der Süddeutsche Rundfunk, der Bayerische Rundfunk und der Südwestfunk mit ihren Sendern. Aus dem Bundeshaus in Bonn übertragen wir die Plenarsitzung des deutschen Bundestages mit einer Erklärung der Bundesregierung und der Stellungnahme der Parteien zur gesamtdeutschen Frage und zur internationalen Lage. Die Bundestagssitzung leitet Bundestagspräsident Doktor Hermann Ehlers. Wir schalten um nach Bonn …"

Patient Sittich, der auf dem Weg zu seiner Pritsche ganz am Ende der Halle ist, bleibt bei Josef Heiliger stehen, der seine Wolldecken ordnet und vor dem Hinlegen alle Falten wegstreicht. Sittich weist mit einer Kopfbewegung zum Lautsprecher hin.

„Wie lange müssen wir uns das denn noch anhören?"
„Truvelknecht!"
Josef Heiliger schaut zu Sibius, der schon in die Decken gehüllt auf der Pritsche liegt. Seit Sonntag weiß er, dass der Alte mit der roten Zipfelmütze Parteimitglied ist. Sibius trug das fast pflaumengroße Abzeichen mit den beiden vor der roten Fahne einander umfassenden Händen am Revers seines Festtagsanzuges. Ich habe nur das eine, und das stecke ich nicht dauernd um, hat er auf Josef Heiligers Frage geantwortet. Und, dass er nicht zu der Sorte Genossen gehöre, die ihre Anstecknadel über Nacht auch noch am Schlafanzug tragen. Jetzt beschränkt er seinen Kommentar auf einen bissigen Satz.
„Politik ist nicht die Stärke dieses Hauses!"
Josef Heiliger wendet sich wieder Sittich zu.
„Ich denke, man müsste ..."
Er kommt nicht dazu, den Vorschlag auszusprechen. Sonja Kubanek und Frau Grottenbast haben, verspätet wie oft und eilig, die Halle betreten. Die altjüngferliche Dame strebt, ohne einen Blick nach rechts oder links, ihrem Liegeplatz zu. Das Mädchen bleibt bei den beiden Männern stehen. Sie schaut Josef Heiliger in die Augen und lächelt ein wenig verlegen. Ihre Bitte schmeichelt.
„Helfen Sie mir, ja?"
„Aber das ... das ist doch selbstverständlich!"
Sittich merkt, dass seine Anwesenheit nicht mehr zur Kenntnis genommen wird. Ihm entgehen auch der Glanz in den grauen Augen des Mädchens und die in das Gesicht des jungen Mannes steigende Röte nicht. Er schmunzelt, nickt und zieht sich still zurück.

Sorgfältig, aber mehr mechanisch als aufmerksam, hüllt Josef Heiliger das Mädchen auf der Pritsche bis zum Kinn in die Decken. Ihr Blick lässt ihn dabei nicht los.
„Sie sind lieb ... Wirklich lieb ...!"
Verkniffen beobachtet Frau Grottenbast den Vorgang. Das hätte ich von diesem Kind nicht gedacht, denkt sie verdrossen. Dieses Schöntun wird ja allmählich geradezu schamlos! Sonja Kubaneks Zuneigung erreicht Josef Heiliger nicht. Dafür entgeht ihm kein Wort aus dem Lautsprecher.
„... Auf der Tagesordnung steht zunächst die Entgegennahme einer Erklärung der Bundesregierung. Das Wort hat der Herr Bundeskanzler ..."
Noch ein kurzes, abwesendes Kopfnicken für das Mädchen, dann setzt sich Josef Heiliger bei Sibius auf die Pritschenkante. Er beugt sich ein wenig vor und spricht so gedämpft, dass es weder der neugierig herüberschielende Jochen noch Sonja oder deren Zimmergenossin mithören können.
„Wir müssen was für die Volkswahlen machen, gerade hier ... Unsre Stimmen zählen wie die anderen hinter den Bergen, da ist kein Unterschied ..."
An der Hallentür erscheint Schwester Elfriede auf ihrem Kontrollgang. Sofort entdeckt sie den Verstoß gegen die Liegepflicht. Außer Josef Heiliger ruhen inzwischen alle diszipliniert unter den Decken. Mit einem scharfen Räuspern treibt sie ihn auf seine Pritsche. Er ist heilfroh, dass er nicht von Walburga, dem Korporal mit Häubchen, erwischt wurde. Sie hätte ihm wahrscheinlich auf der Stelle wieder eine chefärztliche Standpauke verordnet.
Nachdem die Greisin gegangen ist, verharrt er noch fast eine halbe Stunde brav und reglos in seiner warmen Hülle. Ob er will oder nicht, er muss dabei der Sendung aus dem Lautsprecher zuhören. Dort hat jetzt einer der Bonner Minister das Wort.
„... was soll diese kommunistische Propagandaflut? Es muss unter Beweis gestellt werden, dass nicht auf halbem Wege die

Bolschewisierung auf ganz Deutschland ausgedehnt werden soll …"

Nicht bei allen in der Halle stößt die Übertragung auf Interesse. Auch Frau Grottenbast gehört zu den verstimmten Zuhörern. Sie hält mit ihrer Meinung nicht zurück.

„Politik, Politik, die ist doch längst zu legalisierter Kriminalität verkommen … Wird denn nicht irgendwo endlich mal wieder schöne Volksmusik gesendet?!"

Gegen alle Kurregeln dreht sich Josef Heiliger auf die Seite, drückt ein Ohr auf die Kopfstütze, zieht über das andere die Decke. Er schaut zu seinem Nachbarn Jochen hin. Der Mann mit der Baskenmütze fühlt sich zum Schwatzen aufgefordert und zögert keine Sekunde. Er spricht so laut, dass auch die anderen mithören können.

„Vergangene Nacht hat die schwarze Friedhofsschleuder den Rothaarigen aus der 25 geholt. Blutsturz! … Muss 'n scheußliches Gefühl sein. Du spürst 's gerade noch nass und heiß im Hals hochsteigen …"

Es ist Frau Grottenbast, die jetzt steil hochfährt. Ihr Blick ruht nur für Bruchteile von Sekunden auf Sonja, die ihre Augen geschlossen hält und die Lippen wie im Schmerz zusammenpresst.

„Ich muss doch sehr bitten, Herr Jochen!"

Grinsend verstummt der Gerügte, bis ihm eine drastischere Ankündigung des alten Sibius jede Spur von Heiterkeit aus der Miene fegt.

„Ich hau' dir noch mal eine in die Fresse, Junge!"

Stille zieht ein. Josef Heiliger wälzt sich wieder auf den Rücken. Er will darüber nachdenken, wie man hier im Sanatorium etwas für die Wahl am 15. Oktober tun kann. Hubertus, Frau Grottenbast, Sonja, Jochen, ob denen klar ist, dass es um Frieden geht, um Demokratie, um ein einheitliches Deutschland? Man müsste eine Losung … Eine Wandzeitung vielleicht auch … Das Grübeln macht schläfrig. Widerstand schmilzt schnell. Lange vor dem Ende der Übertragung aus Bonn ist Josef Heiliger fest eingeschlafen.

Eine schmächtige, schlicht gekleidete Frau wandert vom Waldweg her zum Hauptgebäude des Sanatoriums. Sie ist mit dem Mittagsbus gekommen. Die Strecke von der Straße hierher und das Gepäck haben sie angestrengt. Vor der Haustür setzt sie eine prallgefüllte Ledertasche und eine Reiseschreibmaschine ab und säubert gründlich die unterwegs vom feuchten Boden beschmutzten, wohl noch aus der Vorkriegszeit stammenden und mehrfach reparierten Schnürschuhe. Bevor sie ihre Last wieder aufnimmt und das Haus betritt, hält sie scheu nach jemandem Ausschau, den sie um Erlaubnis fragen könnte. Nirgendwo eine Menschenseele. Die Patientinnen und Patienten in den Liegehallen bleiben hinter den Balkonbrüstungen unsichtbar.

Schüchtern, mit winzigen Schritten, bewegt sich die kleine Frau im Foyer bis zur Mitte des Raumes. Sie verharrt unter dem großen, prächtigen Kronleuchter. Beklommen schaut sie sich um. Gediegenes, großbürgerliches Ambiente, Menschenleere und Lautlosigkeit verunsichern. Erleichtert schaut sie der Schwester Elfriede entgegen, die aus dem Korridor herantrippelt. Sie will ihr einen Schritt entgegengehen und stößt dabei an einen der beiden geschnitzten, hochlehnigen Besucherstühle. Das scharrende Geräusch bringt ihr einen strengen Blick der weiß Gekleideten ein, die geheimnistuerisch einen Zeigefinger an die welken Lippen drückt und eine auf die zierliche Besucherin fast unheimlich wirkende Warnung flüstert.

„Pssst! … Schweigekur!"

Gemeint ist die Liegezeit von 13 bis 15 Uhr, in der den Patientinnen und Patienten keine Unterhaltung, kein Lesen, Schachspielen oder Radiohören gestattet ist. Schweigekur bedeutet absolute Ruhe. Mittagsschlaf.

Die kleine Frau nimmt ihren Mut zusammen. Sie wagt ein kaum hörbares Wispern.
„Ich will zu meinem ..."
Die heftige Geste der Greisin schneidet ihr das Wort ab.
„Gleich ... Gleich ...!"
Verwirrt beobachtet die Frau den mit feierlicher Würde zelebrierten Vorgang des Gongschlagens, mit dem Schwester Elfriede das Ende der Schweigekur erlaubt. Erst, als das dritte Dröhnen verhallt ist, wird sie von der Greisin zum Sprechen ermuntert. Sie bleibt vorsorglich beim Flüsterton.
„Ich will zu meinem Sohn!"
Ringsum wird es lebendig. Im Speisesaal stehen für jeden Kranken ein Glas Milch und eine Scheibe Graubrot mit Marmelade bereit. An der Treppe wartet Herr Truvelknecht auf Josef Heiliger und Hubertus Koschenz. Er hält sie auf.
„Ich würde Sie beide gern zu einem kleinen Umtrunk einladen. Freitagabend. Bei mir im Zimmer ... Acht Uhr?!"
„Sehr gern ..." Der Vikar sieht seinen Zimmergenossen an. Sein Blick ist Aufforderung. „Du doch auch, ja?"
Josef Heiliger nickt und will etwas sagen, entdeckt aber in diesem Moment die im Foyer wartende Besucherin und stutzt.
„Aber das ist doch ... 'tschuldigen Sie, Herr Truvelknecht!" Er lässt den Privatpatienten mit dem Vikar stehen, eilt auf die kleine Frau zu und umarmt sie. „Mutti! ... Mensch, Mutti, wie haste das nun wieder geschafft?"
Die Frau wehrt sich nicht gegen ihre Tränen. Sie muss die Fersen heben, um ihren Sohn zu küssen, doch er zuckt vor ihrem Mund zurück, hält schützend die flache Hand vor sein Gesicht. Die Mutter versteht, dass er sie vor Ansteckung bewahren will. In ihrer Wiedersehensfreude hat sie für Augenblicke vergessen, dass die Tuberkulose eine gefährliche und übertragbare Krankheit ist.
Eine Viertelstunde später sitzt Josef Heiliger mit seiner Mutter im Krankenzimmer am Tisch. Hubertus Koschenz wollte das Wiedersehen nicht stören und hat sie allein gelassen. Frau

Heiliger hat ihre Mitbringsel ausgepackt. Ein großes und ein kleines Glas, gefüllt mit weißgelblichem Fett, ein Dreipfundbrot und eine sehr alte Adler-Reiseschreibmaschine. Das Fett hat es Josef Heiliger besonders angetan. Er verliert keine Zeit. Vor dem ersten Bissen schnuppert er genüsslich an der reichlich bestrichenen Schnitte und schickt dann beim Kauen verzückte Blicke abwechselnd zu seiner Mutter und zur Zimmerdecke.

Die kleine Frau hat ihren ziemlich abgetragenen Mantel nicht abgelegt. Bis zur Abfahrt des Busses, der sie zum letzten Zug bringen soll, bleibt nicht viel mehr als eine Stunde. Bekümmert lässt sie ihren Sohn nicht aus den Augen.

„Dünn bist du geworden … Du isst zu wenig, Junge. Oder bekommt ihr hier nicht genug?"

Josef Heiliger bleibt die Antwort schuldig. Er ist ganz und gar mit seinem Fettbrot beschäftigt. Jeder Bissen ist ihm Gaumenfreude wie Speise von der Tafel eines Feinschmeckers. Er schiebt seine Frage zwischen zwei Bissen.

„Wie geht es Vati?"

„Die Plagerei in der Fabrik fällt ihm schwer nach all der Zeit am Schreibtisch. Andere Arbeit geben sie ihm nicht. Du weißt ja, weshalb. Er wäre gern mitgekommen, das soll ich dir sagen. Und wegen ihm sollst du dir keine Gedanken machen. Nichts, wie es ist …"

„… wird so bleiben, ich weiß." Wie immer, wenn es um das seinem Vater zugefügte Unrecht geht, spürt Josef Heiliger unangenehmes Magendrücken. Keine Gedanken machen, wenn das so einfach wäre. Es kostet ihm Mühe, den Rat zu befolgen. Immerhin hilft ihm das Fettbrot dabei. Sein Urteil steht fest. „Hausgemacht bleibt hausgemacht!"

„Zunehmen ist das Wichtigste bei so einer Krankheit, das sagen alle."

Kauend bewundert Josef Heiliger die aus der Tragehülle genommene Schreibmaschine.

„Also das war wirklich eine gute Idee, Mutti!"

„Nicht wahr?! … Einer mit zwei Sternen hat sie gestern Abend noch gebracht. Das ist ein Polizeirat, nicht? … Sie brauchen auf der Dienststelle jetzt dringend welche, die tippen können, sagte er. Und du hast hier Zeit zum Üben … Sie haben 'ne Menge um die Ohren, soll ich dir ausrichten. Sie brauchen dich, Junge, und viele Grüße natürlich … Schmeckt's?"
„Fantastisch!" Josef Heiliger bestreicht eine zweite Schnitte reichlich mit Fett aus dem großen Einweckglas. Jetzt kaut er prüfend. „Butterschmalz?"
Frau Heiliger schüttelt den Kopf. Ihr Blick weicht aus. Verlegen beschäftigt sie sich mit ihren Fingern und bleibt stumm. Ihr Sohn will es genau wissen.
„Gänsefett?"
Wieder Kopfschütteln, diesmal schwächer und mit deutlichen Anzeichen wachsender Unsicherheit. Josef Heiliger, ein wenig irritiert von dieser merkwürdigen Reaktion, gibt nicht auf.
„Kaninchen?"
Seine Mutter senkt die Stirn. Er kann ihr Gesicht nicht sehen. Offenbar bereitet ihr jeder Satz, jedes Wort Mühe.
„Ich hab's gegen Vatis neue Arbeitsstiefel eingetauscht. Die alten tun's noch ein Weilchen, sagt er … " Sie braucht einen tiefen Atemzug vor dem Weiterreden. „Opa Renner hat sie genommen …"
„Opa Renner?" Josef Heiliger stutzt.
Er kennt den alten Rentner. Ein ehemaliger Dachdecker, der im Nachbarhaus eine winzige Mansarde bewohnt. Keine Gänse, keine Kaninchen, ganz zu schweigen von Schweinezucht, nur … Nur?! Plötzlich ist da ein dunkler Verdacht, der ihn im Kauen innehalten lässt.
Jetzt schaut ihn seine Mutter doch an, beschwörend, um Verständnis bittend.
„Alle sagen, dass es hilft, Junge. Auch unsere Frau Doktor meint, dass gegen Schwindsucht schon immer Hundefett …"
Der Bissen bleibt ihrem Sohn im Hals stecken. Sie verstummt.

Josef Heiliger braucht ein paar Sekunden, um mit dem Bild fertigzuwerden, das sich ihm in diesem Moment aufdrängt. Hundefett! Krampfhaft würgt er noch herunter, was schon fast geschluckt ist.

„Der … der Dackel? … Opa Renners fetter Benno?"

Frau Heiliger nickt beklommen. Sie muss eine Weile warten, bis ihr Sohn von der Toilette zurückkommt. Sein Gesicht ist noch um eine Spur blasser als zuvor. Eine Stunde später sitzt sie, von Zweifel bedrückt, wieder im Bus. So gut, wie es Opa Renner auch gemeint haben mag, sinniert sie, und so dringend der Nachbar die Arbeitsstiefel braucht, das mit dem fetten Dackel Benno wäre vielleicht doch nicht nötig gewesen …

Das Abendessen im Sanatorium ist auch an diesem Tag nicht sehr üppig. Brot nach Wunsch und Appetit, zehn Gramm Butter, fünfzig Gramm Blutwurst, einen kleinen Magerkäse, schwachgesüßter Hagebuttentee. Josef füllt seinen strapazierten Magen. Vier Schnitten! Und er lässt kein Krümelchen übrig. Danach oben im gemeinsamen Zimmer nimmt Hubertus Koschenz, dem Blutwurst und übel riechender Käse ein Gräuel sind, dankbar die Gabe seines Mitbewohners an. Brot und dazu Fett aus dem großen Einweckglas! Er langt zu, spart nicht mit dem Aufstrich und verdreht beim Essen schwärmerisch die Augen.

„Vorzüglich, Juppi! Mit Zwiebeln, das mag ich … Ganz vorzüglich!"

Josef Heiliger sitzt mit gesenktem Kopf und steifem Hals am Tisch hinter der Schreibmaschine. Er meidet krampfhaft den Blick in die Richtung des Vikars, der nun genießerisch auch noch eine zweite Fettstulle verzehrt. Die beiden Einweckgläser stehen zwischen ihnen. Josef Heiliger probiert anscheinend konzentriert auf der Tastatur ein paar Buchstaben. Sein Angebot kommt ganz beiläufig.

„Von mir aus kannst du die Gläser haben. Alle beide …"

Hubertus Koschenz kann nicht an so viel selbstlosen Verzicht

glauben, noch dazu von einem Heiden. Entgeistert sieht er seinen Zimmergenossen an.
„Tatsache?"
Josef Heiliger schaut nun doch auf. Er hält dem zweifelnden Blick stand. Seine scheinheilige Entsagung ist nahezu bühnenreif.
„Ich mach' mir nichts draus, ehrlich!"
„Du bist ein Kumpel, Jupp!" Hubertus Koschenz ist gerührt. „Ein echter Freund!"

Am ersten Mittwoch eines jeden Monats fällt die morgendliche Liegekur aus. Es bleibt genug Zeit für einen Spaziergang in den nahegelegenen, kleinen Kurort. Dort gibt es einen Friseursalon, ein paar Läden, dabei sogar ein kleines HO-Lebensmittelgeschäft mit einigen Nahrungs- und Genussmitteln, die zum großen Teil noch rationiert sind und hier zu erhöhten Preisen frei verkauft werden. Nach der letzten Preissenkung muss man dort für ein Pfund Leberwurst statt 15 nur noch 11 Mark und für ein Pfund Weißbrot statt 4 Mark nur noch 1,10 Mark bezahlen. Der Volksmund nennt diese Läden „Ulbrichts Wucherbuden". Immerhin ist damit der Schwarzmarkt aus der privaten in die staatliche Handelsebene geholt worden.
Josef Heiliger ist trotz des sonnigen Spätherbsttages im Sanatorium geblieben. Er will sparen. Außerdem lockt die Schreibmaschine. Das Lernen ist für ihn wie ein spannendes Spiel. Er übt mit zwei Fingern und freut sich jedes Mal, wenn er den einen oder anderen Buchstaben ohne langes Suchen findet. An diesem Vormittag will er einen längeren Text tippen. Er ist allein. Nachdem er ein Blatt in die alte Maschine gespannt hat, schaut er sich nach einer geeigneten Vorlage zum Abschreiben um. Sein Blick fällt auf die Bibel, die unter dem Christusbild auf Hubertus Koschenz' Nachttisch liegt. Er greift danach, bedenkt den Gekreuzigten mit einem um Ver-

gebung bittenden Augenaufschlag und setzt sich an die Maschine. Auf der Suche nach einer passenden Textstelle blättert er in der Heiligen Schrift. Eine Bibel hat er bisher noch nie in den Händen gehabt. Durch die Kindheit geleitet von einem freidenkerischen Vater, ist Religion für ihn seit eh und je so etwas wie ein hilfreicher Krückstock für seelisch Behinderte. Eine Stütze, derer er nicht bedarf, unwissenschaftlich zumal, wie er meint, und das Denken lähmend wie Rauschgift. In der Bibel vermutet er trockene Verkündungen dessen, was ihm bislang vom christlichen Glauben zu Ohren gekommen ist. Ein Jesus, der über Wasser lief, ohne zu versinken, der mit fünf Broten und zwei Fischen fünftausend Hungrige gesättigt hat, das Himmelreich, in dem alle gestorbenen guten Leute auferstehen und ähnliche unbeweisbare Geschichten. Nun liest er Sätze, die seiner Meinung vom Inhalt dieses Buches so ganz und gar nicht entsprechen. Lautlos bewegt er die Lippen. Von den Sätzen, die sich ihm erschließen, geht eine ganz merkwürdige, fesselnde Wirkung aus. Es ist wie ein Fenster. Gerade so, als sei ihm plötzlich die Sicht auf eine fremde, märchenhafte Welt erlaubt. Er hat das Evangelium des Lukas aufgeschlagen. Christi Bergpredigt ... Ein jeglicher Baum wird an seiner eigenen Frucht erkannt ... Ein guter Mensch bringt Gutes hervor aus dem guten Schatz seines Herzens, und ein böser Mensch bringt Böses hervor aus dem bösen Schatz seines Herzens. Denn wes das Herz voll ist, dem geht der Mund über ...

Josef Heiliger ist von dem für ihn so überraschenden, poesievollen Text derart gefangen, dass er nicht einmal den Kopf hebt, als Hubertus, offensichtlich sehr erregt, ins Zimmer stürzt. Selbst das ungewöhnlich laute Zuschlagen der Tür schreckt den Lesenden nicht auf.

„Das ist ja richtig gut! ... Hätt' ich gar nicht gedacht ..."
Auch, wenn er sein Erstaunen nur murmelnd äußert, wäre das für Hubertus Koschenz zu jeder anderen Stunde minde-

stens eine gewisse Befriedigung gewesen, doch in diesen Minuten brennt er vor Zorn, und ihm wäre jetzt das erstaunliche Urteil des gottlosen Mitbewohners selbst in größerer Lautstärke kaum bewusst geworden. Er stürzt zum Schrank, reißt die Tür auf und holt das große Einweckglas heraus. Mit zwei Schritten ist er am Tisch. Er stellt das Glas so heftig neben die Schreibmaschine, dass es einen Sprung bekommt. Auf seinen Wangen glühen Flecken. In den Augen glänzt blanke Wut. Seine Stimme ist Anklage und Schuldspruch zugleich.
„Da ... Hundefett! ... *Hundefett!!!*"
Josef Heiliger schaut stumm von der Bibel zum Fettglas. Hubertus Koschenz ist mit seinem Vorwurf noch nicht am Ende.
„Und ich will mit dem anderen Glas der Frau Grottenbast was Gutes tun! Sie hat 's sofort gemerkt! Weißt du, wie die mich angeguckt hat?!"
Josef Heiliger bleibt erstaunlich ruhig.
„Und?"
„Du ... Du ... Heimtücke!"
„Aber alle sagen, dass es hilft ... Willstes nicht mehr?"
Der Vikar sammelt Empörung, Protest und seelentiefe Enttäuschung zu einem einzigen Wort.
„Neee!!!"
Josef Heiliger spitzt nachdenklich die Lippen. Er betrachtet den Gegenstand der Auseinandersetzung eine Weile und äußert schließlich einen Vorschlag.
„Dann kriegt 's eben Jochen!"
Hubertus Koschenz runzelt die Stirn.
„Verkaufen?"
„Tauschen! Gegen Butter und Bier ... Zum Beispiel ..."
„Und wer bekommt die Butter und das Bier?"
Josef Heiliger schaut ihn an und feixt.
„Es ist schließlich dein Fett, du entscheidest ... Aber christlich, darf ich doch hoffen! Nie den Nächsten vergessen!"
„Verstehe. Du das Bier, ich die Butter ... Oder?"
„Ich weiß schon lange, dass du ein kluger Mensch bist!"

Draußen auf dem Korridor geht in dieser Minute Sonja Kubanek am Zimmer der beiden jungen Männer vorbei. Sie kommt aus dem Konsultationsraum des Chefarztes und hält den Kopf gesenkt. Am Fenster vor der Treppe bleibt sie stehen und schaut hinaus in den Wald. Ihre Augen sind feucht. Sie hört nicht, dass eine Schwester im Korridor herankommt. Es ist Walburga.
Die Oberschwester tritt ganz nah zu Sonja Kubanek. Sie legt ihre Hand auf die Schulter des Mädchens. Eine so hilflose wie sanfte und tröstende Geste, wie sie Patienten wohl nur selten von dieser nicht ohne Grund als schroff und resolut geltenden Frau erfahren.

Die abendliche Liegekur von 19 bis 21 Uhr fällt freitags aus. Kurschattenzeit heißt das in der Patientensprache. An warmen Tagen zwischen Frühling und Herbst gehören diese zwei Stunden vor allem den Paaren, die sich hier gefunden haben. Kein Trauschein oder Verlobungsring kann zwei Menschen einander so nahe bringen wie gleiches Leiden. Was weiß ein Gesunder schon von dem Unterschied zwischen einer Körpertemperatur von 37,8 und 37,2 Grad, wie soll er das Bangen vor dem Ergebnis einer Sputumuntersuchung oder so Furcht einflößender Worte wie Kaverne, Streuung im Unterfeld, Kaustik oder Resektion nachempfinden. Menschen, die nah ans Sterben geraten sind, haben eine eigene Welt. Dort walten andere Werte, andere Regeln, andere Gefühle.
Ein nasskalter Spätherbstabend wie dieser reizt nur wenige Patientinnen und Patienten zu einem Waldspaziergang.
Man trifft sich im großen Leseraum zum Kartenspiel, am Billardtisch oder auch nur zu einer Plauderrunde. Einige Krankenzimmer bleiben von innen verschlossen. Niemand fragt nach den Gründen. Selbst Oberschwester Walburga kommt nicht auf den Gedanken, den Vorgängen hinter den Türen nachzuforschen.
Einer, der an Freitagabenden nicht an irgendeines der von

seinen Mitpatienten gepflegten, sehr unterschiedlichen Spiele denkt, ist Jochen. Eine prallgefüllte Aktentasche unter dem Arm, klappert er seine Kundschaft ab. Heute hat er amerikanische Zigaretten, Nescafé, Wodka und Schokolade aus der Schweiz in seinem Angebot. Eilig unterwegs zu einem Besteller, trifft er auf dem Korridor die Patientin, für deren Zahlungsfähigkeit allein eine Perlenkette mit kostbarem Brillantverschluss zeugt. Jochen ist im Nu neben der alten Dame. Er lässt sie einen Blick in die Aktentasche werfen.
„Beste Ware! Damit ist der englische König die Motten losgeworden, das stand kürzlich in allen Zeitungen … Jedenfalls drüben."
„Was soll's denn kosten?"
Jetzt zeigt Jochen das Angebot. Es ist das große, mit Hundefett gefüllte Einweckglas. Er hat ein halbes Pfund russische Importbutter, rapsgelb und stark gesalzen, sowie sechs Flaschen Pils aus der Erfurter Riebeck-Brauerei dafür gegeben.
„Es ist wirklich erstklassig, das können Sie ja schon sehen. Allerdings eben deshalb auch ein paar Mark teurer … Herr Truvelknecht ist auch scharf darauf, aber Sie, glaube ich, haben es nötiger."
Die alte Dame lächelt und nickt.
„Das ist wahr. Ich habe gerade erst ein Glas bekommen."
Jochen stutzt, wittert das Auftauchen eines Konkurrenten.
„Hier im Haus? … Für wie viel?"
Die Patientin neigt den Kopf ein wenig zur Seite. In ihrem Lächeln nisten Mitleid und eine Spur von Schadenfreude.
„Umsonst, Herr Jochen, ganz umsonst … Von der lieben Frau Grottenbast!"
Betroffen starrt Jochen der Dame nach. Umsonst, dieses Wort kommt in seinem Sprachschatz schon seit dem Ende des zweiten Weltkrieges nicht mehr vor. Wer sein Leben liebt, der schiebt, ist sein Leitspruch, und: Willst du dein Lebensrecht beweisen, musst du handeln und bescheißen! Hundefett

umsonst! Verschenken! Die Grottenbast, diese alte Dörrpflaume, muss doch auch noch 'ne Kaverne im Gehirn haben! Er will der Patientin zurufen, was er von dieser geschäftsuntüchtigen Spenderin hält, doch in diesem Moment sieht er die Zimmergenossin jener Frau vom Ende des Korridors her näher kommen und verkneift sich das nicht sehr feine Urteil. Eilig verschwindet er im Treppenhaus. Er hat gehört, dass der alte Sibius auf die heilende Wirkung des Hundefetts schwört und spielt nun mit dem Gedanken, unter den gegenwärtigen Handelsbedingungen hier im Sanatorium dem rotbezipfelten Rentner Ratenzahlung einzuräumen.
Das Mädchen Sonja bleibt vor der Tür des Zimmers von Josef Heiliger und Hubertus Koschenz stehen. Sie lauscht einen Augenblick und klopft dann schüchtern an. Keine Antwort. Auch nach erneutem, diesmal stärkerem Klopfen tut sich drinnen nichts. Sie neigt den Kopf ganz nah an die Tür.
„Herr Heiliger?! Ich hätte nur gern was zu lesen … Herr Koschenz?!"
Nichts!
Vorsichtig drückt sie die Klinke. Die Tür ist nicht verschlossen. Das Zimmer liegt im Dunkel. Nur von der Außenlampe am Portal fällt ein matter Lichtschimmer herein. Von den Bewohnern keine Spur. Sie schließt die Tür und geht langsam zu ihrem eigenen Zimmer zurück. Es ist, als sei ihr eine Freude verdorben worden.

Das Zimmer, in dem Herr Truvelknecht während seiner Kur im Sanatorium Hohenfels wohnt, unterscheidet sich sehr von denen der Kassenpatienten. Es gibt eine gemütliche Sesselecke, eine kombinierte Radiohausbar, Teppich und Samtgardinen. Das Ölbild über dem mit Seidentuch abgedeckten Bett zeigt einen Drei-Mast-Schoner in schwerer See.
Herr Truvelknecht füllt erneut die Gläser seiner beiden Gäste. Die Hand zittert leicht. Seine Augen glänzen. Es ist schon die

zweite Flasche. 1947er Liebfrauenmilch. Auch den jungen Männern hat der Wein die Wangen gerötet. Dem Gastgeber scheint der Zeitpunkt herangereift, sein bisher noch zurückgehaltenes Anliegen und damit den eigentlichen Grund für diese Einladung deutlich zu machen.
„Also mal ganz frei von der Leber, wie das die deutsche Art ist … Wir sind hier das Schloss am anderen Ufer, meine Herren! Jenseits der Kalendertage. Im toten Winkel der Zeit sozusagen. Wer hierher kommt, der kommt zum Sterben oder zum Gesundwerden und nichts weiter. Also lasst den Quatsch mit Parteiversammlung und Bibelstunde! … Unsere Heilung braucht die Stille, die Besinnung …!" Er hebt sein Glas. „Prosit!"
Hubertus Koschenz prostet dem Gastgeber zu, trinkt aber noch nicht, sondern meldet Einwand an.
„Das Wort Gottes stört die Stille nicht, Herr Truvelknecht …"
Das Glas vor Josef Heiliger bleibt jetzt unberührt. Bissig fügt er der Bemerkung des Vikars, noch ehe der Fabrikant etwas sagen kann, eigenen Widerspruch hinzu.
„… aber die Stimme des RIAS dafür umso mehr, beispielsweise!"
Es fällt ihm schwer, so gelassen und höflich wie Hubertus Koschenz zu bleiben. Warum bin ich überhaupt hierher gekommen, fragt er sich. Wie hat Hubertus gesagt? Der zivilisierte Mensch beweist sich im gesitteten Umgang mit seinen Zeitgenossen, ganz unabhängig von deren sozialer Stellung, Hautfarbe und Gesinnung. Vielleicht müssen Pfaffen so denken, aber ich?
Unbeirrt genießt Herr Truvelknecht den Wein vor dem Schluck erst in angemessener Weile auf der Zunge. Er betrachtet seine jungen Gäste nachsichtig.
„Es geht hier nicht um Gott, Herr Koschenz, sondern um die Bibelstunde. Versammlungen sind hier einfach unerwünscht."
Sein Blick ruht beinah väterlich auf Josef Heiliger, der zur langen, dunkelblauen Ausgangshose nicht mehr, wie zum Abendessen im Speisesaal, die Uniformjacke, sondern nur noch den ebenfalls zur Dienstkleidung gehörenden Pullover trägt.

„Versammlungen *jeder* Art!"
Die Anspielung ist unüberhörbar. Josef Heiliger hält spitz dagegen.
„Sagt das Doktor Stülpmann?"
„*Ihnen* bestimmt nicht …" Der Fabrikant schaut bedächtig in sein Glas. Langsam dreht er den zerbrechlichen Stiel zwischen Daumen und Zeigefinger. Er lässt seine Besucher spüren, dass er dazu noch mehr sagen wird, wartet aber damit ein paar Atemzüge lang und schürt auf diese Weise die Spannung. Seine Stimme wird um ein paar Nuancen leiser. „Weil er Angst hat, der Herr Chefarzt … Weil er an Hohenfels hängt!"
Die von der ersten Flasche Liebfrauenmilch gestiftete, freundliche Stimmung ist dahin. Josef Heiliger runzelt die Stirn.
„Angst? Vor mir? Ich verstehe nicht …"
Noch immer hält Hubertus Koschenz sein Glas vor der Brust. Schonend macht er seinem Zimmergenossen klar, worauf der Gastgeber anspielt.
„Du bist immerhin Polizist, Jupp!"
„Und unser Chefarzt war Nazi." Truvelknecht freut sich über die erkennbar gelungene Überraschung. Er schaut den jungen Mann im Polizeipullover aufmerksam an und ist sichtlich gespannt auf die Wirkung der Information. „Parteigenosse seit sechsunddreißig!"
Nicht nur der junge Volkspolizist ist betroffen. Auch der Vikar braucht eine Weile, um mit der Neuigkeit fertig zu werden. Josef Heiliger fühlt sich zu einer grimmigen Erwiderung herausgefordert.
„Aber Sie nicht, Herr Truvelknecht?
„Was?"
„Nazi! Und Sie haben keine Angst, wie?"
„Bitte, Jupp!" Hubertus Koschenz will vermeiden, dass es zu ernsthaftem Streit kommt. „Wir wollen doch alle wie erwachsene Menschen …"
„Aber wieso denn! Offiziersmäßig: Geradeheraus, das gefällt mir!" Truvelknecht widerspricht dem Vikar ruhig und selbstbewusst, dann wendet er sich an den Fragesteller. „Nein, Herr

Kommissar, bei mir ist Schiss nicht drin! Nie Nazi gewesen! ... Mein Metier sind Strümpfe. Damenstrümpfe, Herrenstrümpfe! Damit ernähre ich in Chemnitz nicht nur meine Familie, sondern auch noch hundertneunundzwanzig Männer und Frauen ... Und meine Belegschaft steht wie ein Mann hinter mir! Einschließlich Betriebsrat!"

Es hat Josef Heiliger nicht länger auf dem Sessel gehalten. Er ist schon an der Tür.

„Ein Anachronismus! Aber viel zu unbedeutend, um in diesem Staat ins Gewicht zu fallen ... Wer ernährt denn wen, Sie die Hundertneunundzwanzig oder umgekehrt? Denken Sie mal drüber nach, Herr Truvelknecht! ... Guten Abend!"

Mit dem Vikar allein, schüttelt der Fabrikant den Kopf. Er steht auf, geht zur Radiobar und kommt mit einer Flasche Sekt samt dazugehörigen Gläsern wieder zum kleinen Tisch.

„Der wird uns beiden noch eine Menge Ärger machen, glaube ich."

Langsam stellt Hubertus Koschenz das volle Glas zurück. Ihm ist unbehaglich zumute. Auch ihm missfällt die selbstgefällige Art des Gastgebers, doch noch mehr verstimmt ihn das Benehmen seines Zimmergenossen. Wer keine Manieren hat, der kann auch nicht mit Respekt rechnen, denkt er. Aber Höflichkeit darf deshalb nicht unterwürfig machen!

„Wieso Ärger? Wieso uns?"

Ungeachtet des noch gefüllten Weinglases seines Gastes öffnet Truvelknecht geübt die Sektflasche. Ein kurzer Knall. Schaumig füllt das perlende Getränk die Kelche.

„Weil wir Verbündete sind, Herr Koschenz. Schon seit tausend Jahren!"

„Das müssen Sie mir erklären."

„Kirche und Kapital ... Wir haben nicht nur den ersten Buchstaben gemeinsam ... Das ganze Alphabet, Herr Vikar! ... Prosit!"

Wohlerzogen kommt Hubertus Koschenz der Aufforderung nach. Er nippt nur, stellt den Kelch dann neben das Weinglas, lehnt sich im Sessel zurück und faltet die Hände auf dem Schoß. Die verschränkten Finger geben ihm nicht nur im Gebet innere Ruhe und jene Friedfertigkeit, die ihm im Meinungsstreit schon häufig zu beherrschter Überlegenheit verholfen hat.

„Sie sollten sich in der Augsburgischen Konfession besser auskennen, Herr Truvelknecht."

Der Fabrikant schmunzelt. Er äußert sich im Tonfall eines Examinierten.

„Confessio Augustana ... 1530 ... Reichstag zu Augsburg ... von Philipp Melanchthon an Kaiser Karl V. überreicht ... 28 Artikel ... Gut?"

„Dann darf ich erinnern: Man soll das geistliche und das weltliche Regiment nicht ineinander vermengen ... Aus jenem 28. Artikel! Und ich denke, es ist ein Segen, dass wir jetzt wieder dahin zurückfinden können."

Einige Zeit bleibt es still. Truvelknecht mustert den Vikar zweifelnd. Er wehrt sich gegen die Einsicht, dass es der junge Mann mit seinem Standpunkt wirklich ernst meint. Endlich findet er seine Sprache wieder. Enttäuschung macht jede Silbe bitter.

„Sie wollen denen tatsächlich die Macht überlassen? Leuten, die uns um rechtmäßigen Besitz und die Kirche um ihre Gläubigen bringen? ... Was sind Sie bloß für ein Geistlicher!"

Hubertus Koschenz weicht dem abschätzigen Blick des Fabrikanten nicht aus. Seine Erwiderung ist ohne Schärfe, eher nachsichtig.

„Einer, der als Theologe die Schriften ernst nimmt, Herr Truvelknecht." Er steht auf und stellt sich hinter den Sessel, die Hände auf die Lehne legend. „Und da muss ich Ihnen sagen, eine Kirche, die ihren Auftrag ernst nimmt, ist Magd, und nicht Macht. Und sie wird Leute, die soziale Gerechtigkeit herzustellen versuchen, dafür nicht verdammen, sondern all diejenigen als Gottes Werkzeuge ansehen, die sich diesem Ziel ehrlichen Herzens und ohne Hinterlist widmen

… Seien sie nun gottlos oder fromm. Vielen Dank für die Einladung! Guten Abend!"
Eine knappe, höfliche Verbeugung noch, dann geht Hubertus Koschenz zur Tür und verlässt das Zimmer. Der Privatpatient schaut ihm stumm nach, schließlich schüttet er den vom Vikar stehen gelassenen Sekt in das eigene Glas und leert es in einem Zug. Du wirst noch eine Menge lernen, mein lieber Bruder in Christo, grollt er verdrossen. Und es wird dir wehtun an Leib und Seele, darauf wette ich!

Vom blauen, wolkenlosen Himmel schickt die Sonne dem Wald goldene Schimmer und lässt an diesem Nachmittag die Nähe des Winters einmal vergessen. In den Zimmern und Korridoren des Sanatoriums waltet Stille, als sei Schweigekur, doch die Pritschen in den Liegehallen sind leer. Das schöne Wetter hat einige Patientinnen und Patienten hinaus gelockt. Nicht alle, denn da reizt auch eine voraussehbare Auseinandersetzung die Neugier.
Seite an Seite und noch ahnungslos, sind der alte Sibius und Josef Heiliger auf dem Weg zum Lesesaal. Der Greis trägt seinen Sonntagsanzug und das unübersehbar große Parteiabzeichen am Rockaufschlag. Keine Zipfelmütze. Sein junger Begleiter hat die Ausgangsuniform angezogen. Er ist aufgeregt und will mit jedem Schritt schneller werden, wird aber vom festen Griff des Alten gebremst.
„Schön langsam, Jupp! Und ganz ruhig bleiben. Das Wichtigste ist die Linie, die muss klar sein, dann kann nichts schief gehen … Ist höchste Zeit für roten Pfeffer hier!"
Josef Heiliger bewundert ihn. Auch einer, den Zuchthaus und Konzentrationslager der Nazis nicht zerbrechen konnten. Einer der Deutschen, die jedem Juden, jedem Russen oder Polen, jedem anderen Europäer oder Amerikaner aufrecht gegenüber treten und in die Augen sehen können. Einer, dem die ganz natürliche, allen Menschen innewohnende Angst vor Folter und Tod nicht den Mut zum Widerstand erstickt

hatte. Die Bewunderung für den alten Sibius machte Josef Heiliger freilich auch arglos. Es kam ihm gar nicht in den Sinn, danach zu fragen, wieso ein Mann mit solchen Verdiensten nicht in einem der Sanatorien behandelt wurde, die mit größerem Aufwand für Verfolgte des Naziregimes, Opfer des Faschismus und höhere Partei- oder Staatsfunktionäre eingerichtet worden waren. Sibius' Antwort auf eine solche Frage hätte ihn gewiss sehr nachdenklich werden lassen. Der Alte hatte als deutscher Emigrant unter Tito in der jugoslawischen Volksarmee gekämpft, war bei Slavonski Brod in deutsche Gefangenschaft geraten, zum Tod verurteilt und in letzter Stunde befreit worden. Nach Thüringen heimgekehrt, hatte ihn die Partei in seiner Heimatstadt zum Leiter des Wohnungsamtes gemacht. Bald war es zwischen ihm, einen Offizier der sowjetischen Garnison und dessen Fürsprechern im Kreisvorstand der SED zu heftigem Streit gekommen. Eine Kommission warf ihm parteifeindlichen Titoismus vor, dann folgte Schlag auf Schlag. Strenge Parteirüge mit zweijährigem Funktionsentzug, fristlose Entlassung, kurzzeitiger Entzug der VVN-Rente ... Sechs Wochen später hatte man bei einer Reihenuntersuchung die Tuberkulose entdeckt und ihn nach Hohenfels geschickt, wo niemand seine Geschichte kannte und sie auch keiner von ihm erfuhr.
Josef Heiliger blieb vor der Tür zum Lesesaal stehen.
„Ob wir viele sind, was meinst du?"
Fragend schaut er Sibius an. Er legt die Hand auf die Klinke. Der Alte wiegt den Kopf.
„Könnte mir denken, der eine oder andere versteckt hier sein Parteibuch und kneift, wo nichts dabei rausspringt ... Vier, fünf vielleicht ... Nun los, Jupp!"
Nach einem tiefen Atemzug tritt Josef Heiliger, von Sibius dicht gefolgt, in den großen Raum und – hält erstaunt inne. Auch der Alte hinter ihm ist sichtlich überrascht. Nicht vier, nicht sechs, nicht acht Augenpaare schauen ihnen gespannt entgegen, es sind mehr als dreißig Patientinnen und Patienten

versammelt. Kein freier Stuhl. Sogar auf den Fensterbänken und auf dem Billardtisch hocken Frauen und Männer. Manche halten Bücher in den Händen. Freudiges Lächeln, das in Josef Heiligers Gesicht ziehen will, erfriert. Nein, das sind nicht alles Genossinnen und Genossen. Da sitzt Truvelknecht grinsend inmitten der Versammelten. Neben ihm sein blonder Kurschatten, hinter ihm Jochen mit der Baskenmütze. Wenigstens hält sich Hubertus raus, denkt Josef Heiliger, und diese Feststellung hilft ihm, gelassen zu erscheinen.

„Herr Truvelknecht, liebe Mitpatienten, hier findet jetzt eine Parteiversammlung statt ..." Er legt eine Pause ein und überschaut die Runde. Sein Hinweis bleibt ohne jede Wirkung. Keiner der Anwesenden macht Anstalten, den Raum zu verlassen. Mit mehr Freundlichkeit vielleicht, denkt er und versucht es. „Ich bitte Sie sehr herzlich, meinen Genossinnen und Genossen ..." Weiter kommt er nicht. Truvelknecht fällt ihm ruhig und bestimmt ins Wort.

„Das ist hier ein Leseraum für alle, Herr Heiliger! Sonderrechte für SED-Parteigenossen mag es draußen geben, aber hier woll'n wir das doch gar nicht erst einführen, nicht wahr? ... Oder ist jemand anderer Meinung?"

Truvelknecht schaut sich um, herausfordernd und selbstsicher zugleich. Er zweifelt keine Sekunde an Zustimmung und behält Recht. Ringsum beifälliges Gemurmel. Sein Tischdame spendet mit erhobenen Händen Applaus. Sie stellt dabei ihre gepflegten, grellrot lackierten Fingernägel zur Schau. Ihr Beispiel ermutigt andere Patientinnen zur Nachahmung. Der Beifall wird deutlicher. Truvelknecht genießt seinen Triumph. Sein Feixen häufelt bei Josef Heiliger Groll an. Er wird zu bissiger, ganz und gar unüberlegter Gegenfrage angestachelt.

„Gilt das auch für die Bibelstunde, Herr Truvelknecht?"

„Exakt, Herr Heiliger!" Das breite Schmunzeln des Privatpatienten macht dem jungen Kontrahenten augenblicklich klar, dass er blindlings in eine Sackgasse gestürmt ist. Und Truvelknecht lässt es ihn spüren.

„Niemand hat etwas gegen Ihre Parteiversammlung, wenn 's dabei nach gleichen Regeln geht wie bei der Bibelstunde: Zutritt für jeden!"
Sibius beugt sich ein wenig nach vorn. Sein Flüstern ist nur für den jungen Begleiter bestimmt.
„Das könnte dem so passen!"
Wenn der Fuchs die Gans gefressen hat, ist nichts mehr zu machen, denkt Josef Heiliger. Die Runde ist an den Chemnitzer Sockenknülch gegangen. Sense! Und wenn ich schon mal bei Omas Sprüchen bin: Jetzt muss endlich Butter bei die Fische!
„Also, wer gehört hier nun eigentlich zu uns? … Meldet euch doch mal, Genossen!"
Kurze Stille. Hier und dort schauen Anwesende abwartend nach rechts, nach links. Eine Hand steigt zögerlich empor, eine zweite, dritte … Drei Frauen, sechs Männer. Einer davon ist Sittich.
Wir sind elf, das ist nicht wenig, denkt Josef Heiliger. Er hört den alten Sibius wieder flüstern.
„Draußen ist das schönste Wetter! Wozu Leseraum?!"
Josef Heiliger begreift. Er kommt gar nicht auf den Gedanken, dass der Alte den Vorschlag ja eigentlich auch selbst verkünden könnte. Arglos lässt er sich lenken und befolgt den Hinweis.
„Ich schlage vor, Genossinnen und Genossen, wir machen einen Spaziergang!"
Die Angesprochenen lösen sich von ihren Plätzen. Sie kommen zur Tür. Sibius ist sichtlich zufrieden mit seinem erzieherischen Einfluss. Verstohlen und nur für seinen jungen Begleiter erkennbar, kneift er kurz ein Auge zu und lobt stumm: Gut gemacht, Jupp!
Auch Josef Heiliger und der Alte gehen noch einmal zurück in ihre Zimmer und holen die Mäntel. Sie stehen als Erste draußen vor dem Portal. Sibius hat die rote Zipfelmütze im Schrank gelassen und ist barhäuptig geblieben. Sie müssen nicht lange auf die anderen warten.

Sonja Kubanek und Frau Grottenbast kommen gerade von einem Spaziergang zurück. Sie sehen die kleine Gruppe, die sich nun vom Haupteingang aus gemächlich auf den Weg zum Wald macht. Das Mädchen stutzt, hat Josef Heiliger entdeckt und hält das Geschehen für den Aufbruch zu gemeinsamer Wanderung. Ganz unerwartet wähnt sie einen heimlichen Wunsch erfüllbar. Sie nickt der älteren Freundin nur kurz zu.
„Eigentlich ist es zum Reingehen noch viel zu schön und zu früh, Frau Grottenbast … Bis nachher, ja?!"
Die verblühte Dame kann dem Mädchen nur enttäuscht nachschauen. Ihre Stimme erreicht die Davoneilende nicht mehr.
„Aber Sonja! … Unser Tee …!"
Das schnelle Laufen macht dem Mädchen das Atmen schwer. Die Gruppe geht schon durch das eiserne Tor an der Einfahrt, als Sonja Kubanek herangekommen ist. Sie sucht die Seite von Josef Heiliger, überwindet ihre Scheu und hakt sich forsch bei ihm ein. Ihre grauen Augen blinzeln ihn verliebt an.
„Ich darf doch, ja?"
Mit ihr am Arm geht Josef Heiliger noch, sehr langsam jetzt, zwei, drei kleinere Schritte, dann bleibt er stehen und lässt die anderen weiterwandern. Er spürt, dass seine Abweisung das Mädchen kränken wird und sucht krampfhaft nach einer möglichst behutsamen, um Verständnis werbenden Form.
„Das … Das ist …"
Ihr Blick verwirrt, nimmt ihm die Sprache. Sie lächelt und genießt glücklich einen der Augenblicke, auf die sie seit Tagen gehofft hat. Seine Verwirrung deutet sie falsch. Er ist schüchtern, denkt sie. So lieb und schüchtern! Ich muss ihm Mut machen! „Das ist doch wunderschön … Wir beide! … Das Wetter! … So!"
Josef Heiliger schaut der Gruppe nach. Die Genossinnen und Genossen um Sibius haben den Waldrand erreicht. Der Alte dreht sich um und winkt. Verdammt noch mal, weshalb aus-

gerechnet jetzt, denkt er und ahnt in dieser Minute nicht, wie oft er in seinem Leben noch zur Entscheidung zwischen persönlichem Glück und politischem Engagement stehen wird. Er sieht das Mädchen an. Seine Stimme ist leise und sehr ernst. Zum ersten Mal nennt er ihren Vornamen.
„Sonja, bitte ... Das ist kein Spaziergang ..."
Sie ist verdutzt, betroffen, reglos. Es ist wie ein feiner, aber sehr schmerzhafter Stich in ihrer Brust. Das kurze, kaum sichtbare Zucken ihrer Lippen entgeht ihm nicht.
„Unsere Parteiversammlung ... Wir konnten nicht im Leseraum bleiben ... Bitte, Sonja, entschuldige ..."
Sie zieht ihre Hand aus seinem Arm und schluckt. Das einsichtige Lächeln, zu dem sie sich zwingen will, misslingt. Ihre Antwort bleibt bitter.
„Verstehe ... Tut mir leid ..."
Sie wendet sich ab und eilt zum Haupthaus zurück. Einen Moment lang sieht es so aus, als wolle Josef Heiliger ihr folgen, doch der Ruf des alten Sibius vom Wald her erinnert ihn an die wartende Gruppe.

Nur noch ein paar Schritte von der Tür entfernt, hinter der Frau Grottenbast mit ihrem hier im Haus für Patienten unerlaubten Tauchsieder das Teewasser zum Kochen bringt, hält Sonja Kubanek, den Mantel schon über dem Arm, unvermittelt inne. Sie weiß, was ihr bevorsteht. Schwarzer Tee mit Kandiszucker, langweilige Erlebnisse, die das gealterte Fräulein in ihrer Jugend gehabt hat, auf einem Gutshof in Ostpreußen, mit Hunden, mit Pferden, mit einem wohlerzogenen Tanzstundenpartner, sogar von Adel ... Kein Wort über Nächte, in denen ganz und gar unzüchtige Träume das Blut erhitzen, Sehnsüchte die Sinne erregen, ungestilltes Verlangen nach Zärtlichkeit zur Qual wird. Aber ich bin jung, Frau Grottenbast, und Leben ist für mich noch Lust ... Und viel Zeit ist mir wahrscheinlich nicht mehr vergönnt.

Kurzentschlossen wendet sie sich um und geht zur Treppe. Niemand begegnet ihr. Leise und ohne anzuklopfen tritt sie in das von Josef Heiliger und Hubertus Koschenz bewohnte Zimmer. Der Vikar sitzt, mit Notizen beschäftigt, am Tisch. Vor ihm liegt die aufgeschlagene Bibel. Überrascht schaut er auf. Die Besucherin schließt geräuschlos die Tür hinter sich, kommt aber nicht näher. Ihre gänzlich überflüssige Frage soll Verlegenheit überspielen.
„Sie ... Sie sind allein?"
Hubertus Koschenz klappt die Bibel zu. Einen Moment lang sieht er die unerwartete Besucherin schweigend an, dann erhebt er sich und bietet ihr den Stuhl an.
„Was möchten Sie, Sonja? Kann ich Ihnen helfen?"
Sonja legt ihren Mantel auf Josef Heiligers Bett, kommt zum Tisch und setzt sich. Sie hält den Kopf gesenkt. Dem jungen Geistlichen soll ihr Gesicht verborgen bleiben. Stumm ergreift sie seine Hand. Er lässt es geschehen, verwirrt und noch ahnungslos. Erst, als er ihre warme, feste Brust fühlt, begreift er die Absicht. Er zieht die Hand noch nicht zurück, streicht mit der anderen sanft über Sonjas Haar und spürt, wie sie zittert. Sie hält jetzt die Augen geschlossen. Röte ist in ihr Gesicht gestiegen. Ihr Atem geht schwer und schnell. Reglos lassen sie Sekunden verstreichen, endlich hebt Sonja Kubanek den Kopf. Sie schaut zu dem Vikar auf. Ihr Blick, ängstlich und hilflos, ist Frage. Hubertus Koschenz weicht nicht aus. Vorsichtig schüttelt er den Kopf. Er spürt, wie der Griff des Mädchens locker wird. Behutsam löst er seine Hand.
Holzfäller haben eine Lichtung in den Wald geschlagen. Zwischen Baumstümpfen liegen gefällte und behauene Stämme zum Abtransport bereit. Die Luft ist mit den Gerüchen von Harz und Tannengrün geschwängert. Wildtauben gurren in der Nähe. Niedrige Sonne wirft lange Schatten. Hochaufragende Fichten ringsum wirken wie tragende Pfeiler einer Kathedrale.

Die Genossinnen und Genossen aus dem Sanatorium sitzen im ungeordneten Halbkreis auf Stämmen und Stümpfen. In ihren Mienen nisten, unterschiedlich ausgeprägt, Zweifel und Melancholie. Josef Heiliger ficht dagegen an. Er steht inmitten der Gruppe, redet leidenschaftlich aus dem Herz heraus, hebt mit seinen Händen jeden Satz in eine höhere Bedeutung.
„Da entsteht eine neue Welt … Ein Staat, in dem keiner mehr hungert, in dem jeder ein Dach über dem Kopf und eine warme Stube hat, ein Friedensland der fleißigen Leute! Das ist doch kein Traum mehr, das machen wir wahr, endlich! … Ich jedenfalls möchte da als Genosse nicht abseits stehen …"
Er wird unterbrochen. Der ältere Genosse hat seine schwarze Schiffermütze weit in den Nacken geschoben. Er hockt gekrümmt, wie müde nach langem und beschwerlichem Weg.
„Aber wir sind hier in einem Sanatorium, Junge. Wenn überhaupt, dann lautet jetzt unser Parteiauftrag: Achtundsechzig Puls, Temperatur unter 37 und keine Motten mehr im Auswurf!"
Josef Heiliger reagiert gereizt.
„Verdammt noch mal ja, wir sind Kranke … Aber wir sind doch noch keine Leichen!"
Es ist Sittich, der kurz und bitter auflacht.
„Noch keine Leichen … *Noch*! Sehr fein bemerkt, Genosse!"
Josef Heiliger spürt die trübsinnige Stimmung ringsum beinah schmerzhaft. Er will sich nicht damit abfinden. Alles Elend dieser Welt ist nicht zuletzt Schuld der Leute, die dauernd Bedenken haben, überall Schwierigkeiten sehen und sich entmutigen lassen, wenn der Weg vor ihnen nicht gepflastert ist, denkt er gereizt und bemüht sich, noch eindringlicher zu werden.
„Natürlich sind wir hier, um gesund zu werden. Wir wollen hier raus, je eher, desto besser … Aber doch vor allem, um diese neue Welt mitzubauen. Dabei sein! Wenn wir es wollen, wird unser Land ein Garten sein!"
Sibius wärmt sich an diesem Eifer, aber er merkt auch, dass die Runde dem temperamentvoll vorgetragenen Gedankenflug

nicht folgt. Sein Zwischenruf soll Sachlichkeit bewirken.
„Erst einmal Brot für alle und genug Milch für die Kinder, jeden Tag reichlich, das allein wäre schon der Mühe wert, meine ich …"
Aber so schnell lässt Josef Heiliger nicht von seinen viel weiter gespannten Zukunftsträumen.
„Ja, Brot, so viel jeder will – und ganz umsonst!"
Wieder lacht Sittich gallig. Auch der Genosse mit der Schiffermütze schüttelt den Kopf.
„Jungchen, Jungchen! Glaub' mir, an die Hühner werden sie 's verfüttern, wenn 's das Brot umsonst gibt. Wenn der Bauch spricht, ist der Verstand im Arsch. Die Menschen denken doch nur an ihren Vorteil. Das war so, das ist so, das bleibt so!"
„Nein!" Josef Heiliger kann auch lachen.
„So ist das eben nicht! Wer die Welt verändert, der verändert auch die Menschen. Zehn, zwanzig Jahre höchstens, und Egoismus gibt's nur noch im Fremdwörterbuch … Wir dürfen uns hier und draußen …"
Mitten im Satz hält er inne. Irritiert schaut er hinüber zum Rand der Lichtung. Der alte Sibius nimmt an, dass der Sprecher für einen Moment den Faden verloren hat. Er will mit einem Einwurf helfen.
„Die drüben hinter den Bergen, die lass' es erst mal über 'n Winter schaffen!"
Auch Sittich hakt ein.
„Und uns über die Motten!"
Josef Heiliger bleibt mit seinem Blick bei dem Paar, das am Waldrand spazieren geht. Hubertus Koschenz und Sonja Kubanek. Sie gehen Arm in Arm. Das ärgert ihn. Heftiger als beabsichtigt wendet er sich mit seiner Erwiderung Sittich zu.
„Ja, aber nicht so, als wären wir Mumien! … Die Volkswahlen stehen vor der Tür!"
Hubertus Koschenz und das Mädchen sind jenseits der Lichtung zwischen den Bäumen verschwunden.

Auf dem Spaziergang haben sie bisher kein einziges Wort miteinander gesprochen und die Gruppe bei den gefällten Stämmen gar nicht wahrgenommen. Um sie ist es still. Nur das leise Geräusch ihrer gemächlichen, gleichmäßigen Schritte begleitet sie. Plötzlich bleibt Sonja Kubanek stehen. Sie schaut ihrem Begleiter in die Augen.
„Mir ist heiß."
Hubertus Koschenz will das scheue Begehren nicht erkennen. Seine Besorgnis ist echt.
„Haben Sie Fieber, Sonja?"
Sie schüttelt den Kopf. Er versteckt wachsende Verlegenheit hinter einem Blick zur Uhr.
„Es ist Zeit für meine Bibelstunde ... Gehen wir zurück, ja?"
Das Mädchen nickt. Auf dem Rückweg zum Sanatorium nimmt Sonja Kubanek ihre Hand aus dem Arm des Vikars. Die Gruppe um Josef Heiliger verweilt noch immer diskutierend auf der Lichtung.

Im Sanatorium Hohenfels verfügt Doktor Stülpmann nicht über ein Spezialgerät für das Röntgenschichtverfahren zur genaueren Diagnose eines Tbc-Befundes der Lunge. Patientinnen und Patienten, bei denen diese gründlichere Untersuchung erforderlich ist, müssen ins einige Kilometer entfernte Krankenhaus der Bergarbeiter überwiesen werden. Für Josef Heiliger ist diese Prozedur nach dem Urteil des Chefarztes zwingend notwendig geworden. Er hat deshalb trotz der langen Voranmeldezeiten auf einen baldigen Termin gedrängt und dabei seine freundschaftlichen Beziehungen zum ärztlichen Direktor des Bergarbeiter-Krankenhauses ausgenutzt.
Am Sonntagabend ist der Anruf gekommen. Schon am Montagmorgen steht ein Sanitätskraftwagen vor dem Portal des Sanatoriums. Mit Josef Heiliger steigen noch zwei weitere Patienten ein. Keiner weiß genau, was sie erwartet. Ihr gemeinsames Unbehagen macht schweigsam. Nach anderthalb-

stündiger Fahrt sind sie am Ziel. Der Ablauf funktioniert mit der Präzision und Seelenlosigkeit einer Kühlschrankautomatik. Josef Heiliger wird als Erster in die Umkleidekabine gerufen. Wenige Minuten später liegt er mit entblößtem Oberkörper unter einem dicken, armlangen Tubus. Röntgenröhre und Filmkassette sind gekoppelt. Surrend und knackend kommt das Gerät in Gang. Röhre und Kassette pendeln während der Aufnahmen über ihn um einen veränderlichen Drehpunkt, mit dem die jeweilige Schichttiefe bestimmt und nur diese scharf auf dem Film dargestellt wird. Die nicht anvisierten Partien der Lunge bleiben verwischt. Nach weniger als einer halben Stunde hat er das schmerzlose Geschehen überstanden, aber die auf der Fahrt zum Bergarbeiter-Krankenhaus gewachsene Spannung quält ihn in den nächsten Stunden und Tagen weiter, wuchert bis in seine nächtlichen Träume und schürt Ängste. Es dauert eine volle Woche, bis die Röntgenbilder im Sanatorium Hohenfels eintreffen. Als Schwester Elfriede endlich in die Liegehalle kommt und ihn zum Chefarzt ruft, werden seine Hände feucht.

Doktor Stülpmann hat sieben Schichtaufnahmen und ein großes Röntgenbild nebeneinander vor den Leuchtschirm gehängt. Die ernste Miene des Arztes verheißt kaum Tröstliches. Er winkt den jungen Patienten heran. Josef Heiliger schließt unbewusst die Hände zu Fäusten. Er presst die Lippen zusammen, um das Zittern nicht sichtbar werden zu lassen. Gebannt starrt er Schatten und Aufhellungen an. Signale für Hoffnung? Vielleicht sogar freudige Botschaft? Oder Handschrift des Knochenmannes? Nicht das, Doktor! Bitte, bloß das nicht!

Ganz gegen seine auf respektvolle Distanz bedachte Art legt der Chefarzt ihm vor dem Leuchtschirm eine Hand auf die Schulter.

„Das sieht überhaupt nicht gut aus, Herr Heiliger … Ich muss Ihnen das sagen, offen und ehrlich … Die elenden Biester da in Ihrer Brust geben keine Ruhe …"

Josef Heiliger wehrt sich gegen die Wahrheit. Verbissen sucht er nach einem Fluchtweg.
„Und wenn ich ... Wenn Sie ... Vielleicht noch mal ein Pneu ... Ein Versuch?"
Doktor Stülpmann schüttelt den Kopf.
„Aussichtslos. Hier ist meine Kunst am Ende ... Ich sehe da eigentlich nur noch drei Möglichkeiten ..."
„Eine große Operation?"
Der Chefarzt nimmt die Hand von der Schulter seines Patienten.
„Therakoplastik! Wir entfernen hier ..." Sein Zeigefinger umkreist die Stellen auf einem der Röntgenbilder. „Sehen Sie ... Über den beiden Kavernen nehmen wir einige vier bis sechs Zentimeter lange Rippenstücke heraus. In Folge fällt die kranke Lunge zusammen, wird ruhig gestellt ..."
„Und dann? Später?"
„Irreversibel. Sie bleiben Invalide. Leichte Arbeit vielleicht ... Im Büro ... Rente, natürlich ..."
„Oder?"
Doktor Stülpmann geht zu seinem Schreibtisch. Er setzt sich. Die zweite von ihm in Betracht gezogene Möglichkeit erklärt er seinem Patienten nur zögernd.
„Resektion. Der kranke Lungenflügel wird operativ entfernt."
Er entdeckt in Josef Heiligers Miene sofort erwachenden Hoffnungsschimmer und baut hastig eine Barriere. „Die Chirurgie steht dabei allerdings erst ganz am Anfang. Die Letalität ist ziemlich hoch ..."
Die Tödlichkeitsrate spielt für Josef Heiliger in diesem Moment keine Rolle. Viel wichtiger ist für ihn, welche Aussichten ihm diese Operation für seine Zukunft öffnen könnte.
„Und ich würde, wenn alles gut geht, wieder voll dienstfähig sein?"
Das leise Auflachen des Chefarztes ist bitter.
„Nein, das ganz bestimmt nicht ... Dafür gibt es, wenn überhaupt, nur eine einzige Chance. Und die ist, selbst bei günstigstem Verlauf, nur hauchdünn ... Mit einem neuen Medikament. Amerikanisch. Sehr, sehr teuer ..."

„Können Sie das bekommen … Für mich?"
Wieder schüttelt Doktor Stülpmann den Kopf.
„Vielleicht der Chefarzt oben im VVN-Sanatorium … Regierung. Parteileute. Opfer des Faschismus …"
Josef Heiliger tritt an den Schreibtisch. Verzweiflung macht ihm die Kehle eng.
„Können Sie nicht mal mit ihm reden? Über meinen Fall? … Ich meine, so von Arzt zu Arzt …"
Die Miene des Chefarztes wird herb. In seiner Stimme ist Frost.
„Bei dem haben Sie in mir mit Sicherheit keinen guten Fürsprecher."
Diese deutliche Absage verwundert Josef Heiliger. Fragend schaut er den Arzt an. Doktor Stülpmann legt die Arme auf den Schreibtisch. Er faltet die Hände. Es ist das erste Mal, dass ein Patient ihn in eine Situation bringt, die Offenheit in einer ganz persönlichen Angelegenheit fordert. Eigentlich hat er schon seit langem darauf gewartet, dass ihm jemand diese Auskunft abfordert. Er fürchtet sich nicht davor. Aufmerksam beobachtet er, wie seine Erklärung auf den jungen Mann wirkt.
„Sehen Sie, Doktor Sabroki, der war im KZ. Und ich war in der NSDAP … Nazi. Seit 1936. Und der weiß das."
Verdutzt schaut Josef Heiliger den Chefarzt an. Es dauert eine Weile, bis er die Sprache wieder findet.
„Und ich … Ich hab's nicht glauben wollen …"
„Und Sie verstehen's auch nicht, wie?"
Doktor Stülpmann liest die Ratlosigkeit im Gesicht seines jungen Patienten. So ist es von einer Generation zu Generation, denkt er. Die Jungen urteilen über die Alten und deren Zeit wie ABC-Schützen über altgriechische Lyrik. NON RIDERE, NON LUGERE NEQUE DETESTARI, SED INTELLIGERE, junger Mann. Nicht belachen, nicht beweinen noch verabscheuen, sondern begreifen! Aber über deinen Karl Marx hinaus bis zu Spinoza bist du ja wohl noch

nicht gekommen. „Für mich war und ist das Sanatorium Hohenfels eine Lebensaufgabe. Und wenn es dazugehört, hier Chefarzt zu bleiben, dann trete ich in jede Partei ein. Auch in Ihre, Herr Heiliger!"
Ihre Blicke kreuzen sich. Josef Heiliger weiß nicht, was er sagen soll. Seine Gedanken liegen im Streit. Mitglied in der Nazi-Partei seit 1936, das heißt doch, die brennenden Synagogen, den gelben Stern, das Konzentrationslager Dachau, wenn nicht gerade befürwortet, so doch hingenommen zu haben. Damit muss dieser Mann bereit gewesen sein, jüdischen Tbc-Kranken eine Behandlung in Hohenfels zu verweigern, wie es die 1935 von den Nazis verkündeten Nürnberger Gesetze bestimmten. Und wenn er in dem einen oder anderen Fall auf eigene Gefahr heimlich dagegen verstoßen hat ... Mitschuldig? Trotz der vielen Menschen, denen er mit seiner ärztlichen Kunst das Leben rettete? Und ich? Wie ist das mit dem Vater von Hubertus? Womöglich ist er umgekommen in Buchenwald, Sachsenhausen oder irgendeinem anderen sowjetischen Sonderlager, und das vielleicht nur, weil er als Luftschutzwart in der Hitlerzeit dafür sorgen musste, dass die Leute nachts ihre Fenster vorschriftsmäßig verdunkelten. Oder wegen noch ganz anderer Lappalien. Meinen alten Zeichenlehrer haben sie nur wegen einer in seinem Wäscheschrank gefundenen Hakenkreuzfahne nach Sibirien gebracht ... Und Teddy aus meiner Klasse, der im Schwips beim Fasching einen Kaugummi auf ein Wilhelm-Pieck-Bild geklebt hat, mitten auf die Präsidentennase, für zwei Jahre ins Gefängnis? Und Vater, der Dreck kehren muss, weil er in politischen Fragen anders denkt als wir? Bin ich an alldem mitschuldig, auch wenn ich es nicht gutheiße? Wenn ich meine Hände sauber halte? Wenn ich mich dafür schinde, dass wieder Brot auf alle Tische kommt, dass kein Kind mehr wie ich damals von einem arbeitslosen Vater mitgenommen wird, um das Stempelgeld abzuholen, wenn ich mit Kohldampf im

Bauch und Löchern in der Lunge dort kein Zuschauer bleibe, wo dafür geackert wird, dass es nie wieder Obdachlose auf den Parkbänken, Bettler vor Kaufhäusern oder verzweifelte Frauen gibt, die aus dem Leben gehen, weil ihnen kein Arzt eine ungewollte, notbringende Schwangerschaft unterbricht? Wo ist der Unterschied zwischen dem Doktor und mir? Erlaubt der Dienst für mehr Menschlichkeit das Stummbleiben gegenüber der Gemeinheit, dem Unrecht, der Barbarei? Fragen ... Fragen ... Fragen – und keine Antwort.

Es ist kurz nach Mitternacht. Über dem Sanatorium versteckt sich der Mond immer wieder hinter eilig dahinziehenden Wolkenfetzen. Das Haus liegt im Dunkel. Allein in den Korridoren brennen matte Lampen. Das leise Knarren der Tür am Portal scheucht eine streunende Katze auf. Zwei Gestalten lösen sich aus dem Dämmerlicht, verschwinden für kurze Zeit, hasten dann mit einem länglichen Gegenstand bis zum nächsten Mauerwinkel. Oben vom Balkon her wird ein kurzes, leises Zischeln hörbar. Aus der Nische kommt ebenso gedämpft Antwort. Das Ende einer Leine fällt heran. Die beiden Männer befestigen ihre Last. Ein Geräusch am Portal erschreckt sie. Jemand kommt!
Hastig drücken sie sich eng in den finsteren Winkel. Es ist Doktor Stülpmann. Er hat, wie oft, bis spät in die Nacht über Krankengeschichten und neuer Fachliteratur gebrütet. Müdigkeit drückt ihm auf den Nacken und stumpft die Sinne. Er geht nur zwei Schritte entfernt an dem Versteck vorbei. Die beiden Männer halten den Atem an. Sie bleiben hier ebenso unbemerkt wie eine halbe Stunde später hochoben am Dachfenster, wo sie sich an dem alten, seit Jahren nicht mehr benutzten Fahnenmast zu schaffen machen. Bald darauf ist das seltsame, nächtliche Treiben vorüber. Erst die Morgendämmerung enthüllt, was im Schutz der Dunkelheit bewerkstelligt wurde.

Der Tag zieht grau und diesig herauf. Krächzend fliegen ein paar Krähen über die Dächer. Oberschwester Walburga tritt aus dem Nebengebäude, aufrecht, hellwach und dazu korrekt bis auf den letzten Knopf in ihre weiße, knisternde Tracht gepanzert, als sei sie schon seit Stunden auf den Beinen. Sie strebt dem Haupthaus zu, bleibt aber schon nach wenigen Schritten, wie von einer unsichtbaren Macht gestoppt, stehen. Fassungslos starrt sie das Sanatorium an. Sie traut ihren Augen nicht. So etwas hat es in all ihren Dienstjahren hier in Hohenfels noch nicht gegeben. Das ist ungeheuerlich! Frevel wider alle guten Sitten! Sodom und Gomorrha! Herbei mit Schwefel und Feuer!

Oberschwester Walburga stürmt los, als sei ein Startschuss gefallen. Krachend fällt hinter ihr die Portaltür ins Schloss.

Tatsächlich bietet das Sanatorium im Morgengrauen ein ganz und gar ungewöhnliches Bild. Beiderseits des Portals hängen vom Balkon herab fast bis zum Pflaster reichende Fahnen, links schwarz-rot-gold, rechts rot. Dazwischen ist oben an der Brüstung ein Transparent angebracht. Weiße Buchstaben auf rotem Grund.

DEUTSCHE AN EINEN TISCH
FÜR FRIEDEN UND WOHLSTAND
JEDE STIMME DEN KANDIDATEN DER NATIONALEN FRONT

Auch über dem Dachgiebel wehen zwei Fahnen, und auf ihrem Sturmlauf zum Chefarzt entdeckt die Oberschwester zu alledem auch noch an der Täfelung im Treppenhaus eine schockierende Dekoration.

PATIENTEN-WANDZEITUNG NR. 1

Es ist eine mit rotem Tuch bespannte, umfunktionierte Tischplatte, auf der mehrere handgeschriebene Artikel und ausgeschnittene Zeitungsfotos befestigt sind.

Vor dem Arbeitszimmer des Chefarztes muss Walburga warten. Ungeduldig wandert sie auf und ab. Ihr Groll schrumpft nicht. Die durch das Haus hallenden Gongschläge erinnern daran, dass man die Oberschwester jetzt als Aufsichtsperson im Speisesaal erwartet, doch sie harrt aus.

Doktor Stülpmann schmunzelt, als er die Mitarbeiterin vor seiner Tür sieht. Er kann sich denken, weshalb sie ein Gesicht macht, als habe sie gerade erfahren, dass Hohenfels demnächst Kurheim für Nudisten, Parteischule oder anderes dergleichen Anrüchiges werden soll. Er bittet sie in sein Zimmer und muss gar nicht erst zum Reden auffordern. Heftig und mit nur mühsam beherrschter Lautstärke, ganz gegen jahrzehntelang erwiesenen Respekt, bricht helle Empörung aus der hageren Frau.

„Sie haben das gesehen, Herr Chefarzt! Und ich werde die Schuldigen finden, das verspreche ich Ihnen. Heute noch! Wehret den Anfängen! Da kann nur harte Strafe Einhalt gebieten. Wir müssen ganz energisch deutlich machen, dass politische Propaganda in unserem Haus nicht geduldet wird ..."

„Genau das werden wir *nicht* tun, Oberschwester." Die ruhige Stimme des Chefarztes verwirrt die Schwester. Zum ersten Mal reicht für sie seine Autorität nicht aus, um Widerspruch zu ersticken.

„Aber ich bitte Sie! So geht das doch nicht, Herr Chefarzt! Fahnen, Transparente und im Treppenhaus auch noch eine Wandzeitung ... Wo soll denn das noch hinführen?"

Nachsichtig schmunzelnd holt Doktor Stülpmann ein Schreiben aus der Postmappe. Er hält es ihr entgegen.

„Beispielsweise endlich zu einem Röntgenspezialgerät für Planigrafie, damit wir unsere Patienten nicht mehr zum Bergarbeiter-Krankenhaus schicken müssen ... Das ist die Zuweisung!"

Oberschwester Walburga legt das Schreiben, ohne es auch nur eines Blickes gewürdigt zu haben, wieder auf den Schreibtisch. In ihrer Miene vereinen sich Trotz und Entrüstung.

„So etwas in unserem Haus! ... Ich ertrage das nicht, Herr Chefarzt!"

Eine kurze Weile Schweigen.

Doktor Stülpmann lehnt sich zurück. Was er auszusprechen nicht bereit ist, verrät sein Blick. Er versteht das Aufbegehren der Oberschwester, aber seine Lebenserfahrung hat ihm längst gelehrt, dass Gefühle in politischen Angelegenheiten kein guter Ratgeber sind. Seine Stimme soll Balsam sein.
„Sie müssen nicht hinschauen, Walburga ... Denken Sie doch auch mal an den Satz, den wir unseren Patienten ans Herz legen: Was auch geschieht, es geht mich nichts an!"
Stumm schauen die beiden einander an, dann nickt die Oberschwester und verlässt ohne ein weiteres Wort das Zimmer. Der Blick des Arztes wandert zur Statue des Dornausziehers und verweilt dort. Wenn das so einfach wäre mit allem, was uns sticht, geht ihm durch den Kopf.

Schweigekur am Tag nach der Wahl für die neue Volkskammer. „Überwältigendes Bekenntnis für Frieden, Einheit, Aufbau" und „Triumph der deutschen Demokratie" verkünden die Schlagzeilen der Zeitung, aber in diesen zwei Stunden nach dem Mittagessen ist in den Liegehallen auch das Lesen nicht gestattet. Verstöße kommen nur sehr selten vor. Oberschwester Walburga und Schwester Elfriede sind strenge Wächterinnen. Trotzdem hat Sonja Kubanek an diesem Montag unter ihrem Pullover Lektüre mit in die Liegehalle geschmuggelt. Sie belegt jetzt nach einem Pritschentausch mit dem alten Sibius und der deshalb immer noch schwelenden Verstimmung der Frau Grottenbast den Platz neben Josef Heiliger.
In der Halle herrscht verordnete Stille. Der Lautsprecher ist abgeschaltet. Die meisten Patientinnen und Patienten schlafen. Manche schnarchen geräuschvoll. Im schärfsten Wettstreit liegen dabei Sibius und Sonja Kubaneks Zimmergenossin. Mal grunzt Sibius unter der roten Zipfelmütze, mal triumphiert das wenig damenhafte, sägende Pfeifen des späten Fräuleins.
Josef Heiliger hält die Augen offen. Er schaut hinaus zum Wald und sinnt den gestrigen Geschehnissen nach. Sie sind

alle zur Wahlurne gegangen, denkt er. Sogar der Herr Truvelknecht und sein Kurschatten. Haben wir das bewirkt, trotz Motten und RIAS? Nur Jochen ist mit seinem Schein in die Wahlkabine gegangen, sonst keiner ...
Langsam und leise zieht das Mädchen Sonja nebenan auf der Pritsche eine Broschüre unter der Decke hervor. Sie tut, als würde sie lesen. Das schmale Bändchen hält sie dabei so, dass der junge Nachbar den Titel erkennen könnte. Aber Josef Heiliger schaut nicht herüber. Auch ein verhaltenes, aber unüberhörbares Räuspern holt ihn nicht aus seinen Gedanken. Sie denkt nicht daran, ihr Vorhaben aufzugeben. Allein die Suche nach dieser Broschüre hat hier im Haus zwei volle Tage in Anspruch genommen. In der Bibliothek war das schmale Bändchen nicht zu finden. Erst die Lehrschwester, die sich auf eine Prüfung vorbereitet, konnte helfen. Und nun soll das alles erfolglos bleiben? So einfach nicht!
Die Broschüre entgleitet der Hand des Mädchens und fällt zu Boden. Das klatschende Geräusch ist, im Gegensatz zum Räuspern, ungewöhnlich. Josef Heiliger wird aufmerksam, wendet sich um und entdeckt das Bändchen. Er stutzt. Zögernd beugt er sich danach, hebt es auf und betrachtet das Titelblatt. Sein Erstaunen gilt weder dem Text noch den in Reihe porträtierten Köpfen von Marx, Engels, Lenin und Stalin. „Das kommunistische Manifest" liegt oben im Zimmer bei den Büchern auf seinem Nachttisch. Verwundert und leise wendet er sich an das grauäugige Mädchen.
„So was interessiert Sie?"
Ihr Blick taucht tief in seine Augen.
„Eigentlich hab' ich es mir ganz anders vorgestellt ... Irgendwie leidenschaftlicher ... Nicht so trocken ..."
Josef Heiliger richtet sich auf. Er freut sich, als habe ihm das Mädchen mit einem Geschenk überrascht. Die offenkundige Zuneigung macht ihn nur für Sekunden befangen.
„Nein, Sonja, man muss es nur richtig lesen können. Nicht nur mit den Augen ..."

Das Mädchen legt ihren Gefühlen keinen Zwang auf. Verliebt, und zugleich amüsiert von seiner Begeisterung, beobachtet sie jede Regung in seinem Gesicht, jede seiner Gesten, das Leuchten in seinen Augen.
„Erklären Sie's mir, Jupp!"
Sein Eifer ist angestachelt. Hastig blättert er, sucht eine bestimmte Stelle.
„Zum Beispiel hier!" Beim Zitieren gibt er seinen Worten feierliche Bedeutung. „Der Kommunismus nimmt keinem die Macht, sich gesellschaftliche Produkte anzueignen, er nimmt nur die Macht, sich durch diese Aneignung fremde Arbeit zu unterjochen …!" Er blättert weiter, schaut nicht auf, sonst wäre ihm kaum verborgen geblieben, dass der Text das Mädchen kaum erreicht. Er hätte ebenso aus einem Lehrbuch über die Veränderung der Struktur von plastisch verformten Metallen bei hohen Temperaturen vorlesen können. „Oder hier: Aber streitet nicht mit uns, indem ihr an euren bürgerlichen Vorstellungen von Freiheit, Bildung, Recht und so weiter die Abschaffung des bürgerlichen Eigentums messt. Eure Ideen selbst sind Erzeugnisse der bürgerlichen … Verhältnisse wie euer Recht nur der zum Gesetz erhobene Wille eurer Klasse ist …"
„Ruhe, bitte!!!" Die nicht sehr laute, aber sehr energisch gezischte Forderung kommt von Frau Grottenbast. Sie grollt immer noch wegen des Pritschentausches ihrer Mitbewohnerin und sucht ständig nach Gelegenheiten, kleine Eifersuchtspfeile zu schießen. „Wir haben Schweigekur!!"
Sichtlich eingeschüchtert gibt Josef Heiliger die Broschüre zurück. Er kriecht wieder unter seine Decke und schielt neugierig zu Sonja Kubanek hinüber. Sie schneidet eine Grimasse und blinzelt: Lass sie doch, die alte Zicke! Er lächelt, sie lächelt, und in dieser Sekunde sind sie einander ganz ohne Kommunistisches Manifest so nah wie noch in keiner Minute zuvor.

FORTES IN FINE ASSEQUENDO ET SUAVES IN MODO ASSEQUENDI SIMUS lautet der Spruch, den Doktor Stülpmann für diesen Mittag aus einem Werk des Jesuitengenerals Aquaviva gewählt hat. Lasst uns stark sein in der Erreichung des Ziels und milde in der Art, es zu erreichen. Diesmal stößt der Chefarzt damit bei Frau Grottenbast an die Grenzen ihrer Kenntnisse, und so erhält Josef Heiliger von seiner Tischdame eine ganz und gar verfälschte Übersetzung: Verderblich ist und würdelos, Freundschaften zu stören.
Er hat sich längst an die strengen Tischsitten des Hauses gewöhnt und sein Verhalten angeglichen. Keine Berührung des Essbestecks vor dem Tischspruch und dem „Gesegnete Mahlzeit!" des Doktors, kein Klirren oder Klappern beim Hantieren mit Messer und Gabel, kein lautes Wort. Nur die paar Eingeweihten wissen um eine für genau diese Stunde geplante Überraschung.
Unauffällig schielt Josef Heiliger ab und zu hinüber zur anderen Tafel, wo Sibius sitzt. Erst, als alle Patientinnen und Patienten beim Hauptgericht sind, zwinkert der Alte zum Zeichen, dass es losgehen kann. Josef Heiliger greift nach dem Kompottlöffel, doch noch ehe er damit gegen das Mostglas schlagen kann, umfasst Frau Grottenbast sein Handgelenk. Unwillig schaut er sie an. Sie lächelt, dann zieht sie ein kleines, bisher hinter der Menage verdeckt stehendes Tischglöckchen heran und schiebt es ihm zu.
„Von Schwester Elfriede! Es gibt so schlecht neue Gläser." Ihr Schmunzeln wird noch zwei Zentimeter breiter. „Und Sie von der Partei haben ja wohl noch öfter mal was auszuläuten, nicht?"
Josef Heiliger überlegt noch, wie er den unüberhörbaren, feinen Spott erwidern kann, doch Sonja, die ihm gegenüber sitzt, ist schneller.
„Das Glöckchen ist auch für Herrn Koschenz bestimmt ... Sagt Schwester Elfriede!"
Der Blick, mit dem sich Josef Heiliger bedankt, lockt einen

Hauch von Röte in das blasse Gesicht des Mädchens. Er nimmt das Glöckchen und lässt es klingen. Das helle, gläserne Läuten übertönt die leisen Geräusche. Sofort wird es still im Speisesaal. Alle schauen zu dem jungen Mann in der dunklen Uniform. Hubertus Koschenz faltet die Hände vor der Brust und lächelt gelassen. Herr Truvelknecht schickt verdrossen einen Blick zur Decke und demonstriert Unmut. Doktor Stülpmann legt Messer und Gabel auf den Tellerrand und harrt gefasst der angekündigten Mitteilung. Neben ihm sitzt Oberschwester Walburga reglos und kerzengerade. Josef Heiliger erhebt sich.

„Liebe, verehrte Mitpatienten, bitte erlauben Sie mir ein kurzes Wort …" Man kann jetzt ganz deutlich das schwache Rascheln der Gardine hören, die an einem geöffneten Oberlicht von der hereinwehenden, frischen Luft bewegt wird. Josef Heiliger spricht nicht sehr laut, aber klar und freundlich, wie er es desöfteren von Hubertus Koschenz gehört hat. „Sie alle kennen und schätzen unseren Gen … Herrn Sibius. Er ist nicht nur der an Jahren älteste Patient, sondern auch die längste Zeit hier in diesem Haus … Heute genau siebzehn Monate!" Die kleine Pause gibt verhaltenem, respektvollem Gemurmel Raum. Es verstummt sofort, als der Sprecher wieder das Wort ergreift. „Wir haben nun lange überlegt, wie wir alle gemeinsam unserem lieben, hilfsbereiten und väterlichen Freund eine kleine Anerkennung und Freude bereiten können. Wir schlagen vor, dass Herr Sibius ab morgen in der Liegehalle Eins die Pritsche neben dem Radio bekommt, wo er für sich und für uns alle ganz nach seinem Ermessen das Rundfunkprogramm auswählen kann …!"
Stille.
Josef Heiliger schaut in eine schweigende Runde.
Doktor Stülpmann senkt schmunzelnd die Stirn. Sein leiser Kommentar ist eigentlich nur zur eigenen Erheiterung bestimmt: „Nachtigall, Nachtigall, ick hör dir trapsen …!"

Ganz anders Oberschwester Walburga. Während Schwester Elfriede geduldig auf ihren Teller schaut, als wolle sie die geheimnisumwitterten, nach ihrem Spürsinn mit einem Hauch von Gestüt begleiteten Bestandteile des angeblichen Beef Stroganoff ergründen, sendet der „weiße Schreck von Hohenfels" Augenblitze. Zischelnd neigt sie den Kopf zum Chefarzt.
„Intrige! Das geht nur um den RIAS!"
Besänftigend legt Doktor Stülpmann seine Hand auf ihre Rechte. Seine stumme Geste erinnert: Denken Sie immer, es geht Sie nichts an! Was auch geschieht, es geht Sie nichts an! Indessen hat Herr Truvelknecht seiner Tischdame ein Anliegen zugeflüstert. Wie eine schüchterne Schülerin im Klassenzimmer hebt sie einen Zeigefinger und meldet den Einspruch ihres Kurschattens an.
„Aber Herr Sibius ist kein Privatpatient!"
Auf diese Gegenstimme ist Josef Heiliger vorbereitet. Heiter überschaut er die Frauen und Männer ringsum.
„Ich denke doch, wenn wir alle einverstanden sind …" Er wendet sich fragend dem Doktor zu. „Herr Chefarzt?"
Es dauert einen Augenblick, bis Doktor Stülpmann reagiert. Er tut das mit dem ihm eigenen, opportunistischen Geschick, indem er die offenen Hände ausbreitend bis zur Schulterhöhe hebt. Keine Einwände! Wer mit den Wölfen frisst, muss auch mit den Wölfen heulen! Will hier jemand den ersten Stein werfen?
Sittich und ein paar andere klatschen Beifall. Ihr Applaus steckt an. Auch Hubertus Koschenz, Frau Grottenbast und das Mädchen Sonja beteiligen sich. Sibius ist aufgestanden und dankt mit knappen, ein wenig hölzern wirkenden Verbeugungen nach allen Seiten. Der Fabrikant aus Chemnitz und seine Tischdame schütteln die Köpfe. Oberschwester Walburga reagiert mit eisiger Miene, der Chefarzt greift wieder zum Essbesteck, während Schwester Elfriede nach kurzem, zufriedenem Nicken schon wieder argwöhnisch das zähe, undefinierbare Fleisch kaut.

Die Einrichtung des Giebelzimmers, das die Oberschwester im Nebengebäude des Sanatoriums bewohnt, entspricht ganz und gar dem Gemüt der einsam gebliebenen, hageren und für die meisten ihrer Mitmenschen übermäßig streng wirkenden Frau. Vertiko, Holzbett, Stühle, Pilztisch mit Spitzenecke und Waschtisch mit Marmorplatte, alles dunkle Eiche, großmütterlich und solide für mehrere Generationen gehandwerkelt. Passend dazu der dunkelrote Samtvorhang am Fenster, die kleine Kissenpyramide auf dem dicken Federbett und der wohl aus den frühen Zwanzigern stammende, mit zwei Schellen ausgestattete Wecker auf dem Nachttisch. Auch die Bilder an der Wand und die Nippesfiguren auf dem Vertiko stimmen mit dem Bild überein, das alle Leute, auch wenn sie viele Jahre mit der Oberschwester bekannt oder sogar freundschaftlich verbunden sind, von ihr haben. Aber diese Vorstellung ist weit entfernt von der Wirklichkeit. Selbst Doktor Stülpmann wäre sehr überrascht, wenn er einmal miterlebte, welche merkwürdige Wandlung mit seiner langjährigen und höchstverdienstvollen Mitarbeiterin vorgeht, wenn sie nach dem Dienst, wie an diesem späten Abend, die Tür ihres Zimmers hinter sich geschlossen und sorgsam verriegelt hat. Tabakrauch wogt im Lampenlicht. Der Vorhang ist zugezogen. Walburga hat die Schwesterntracht gegen ein knöchellanges Nachthemd ausgetauscht. Sie sitzt am Tisch, hat eine Lesebrille aufgesetzt und ist, umgeben von drei Lexikonbänden und einem Weltatlas, in ihre liebste Freizeitbeschäftigung vertieft. Sie grübelt über einem Kreuzworträtsel, raucht dabei eine Nortag-Zigarette nach der anderen und schluckt in nicht allzu großen Abständen Wermut. Zwei Gläser davon gönnt sie sich allabendlich, aber auch mal mehr. Beim Rätseln erfreuen sie am meisten Fragen nach weitentlegenen geografischen Begriffen. Jede richtige Lösung, die sie dabei findet, wird zu mildem Balsam für ihr seelentief schlummerndes Fernweh. Inselgruppe im Indischen Ozean, neun Buchstaben, der fünfte ein D ... Sie greift nach der Lupe und zieht den Atlas zu Rate.

Nur Sekunden, dann hellt ihre Miene auf. Der Stift füllt die kleinen, quadratischen Felder. MALEDIVEN. Weiße, weite Strände, Palmen, blaues Meer, rauschende Wellen – sie überlässt sich ganz ihrer Fantasie und leert versonnen das Glas. Aus ihren Zügen weicht für Augenblicke jede Spur von Strenge einer sanften, heiteren Zufriedenheit. In ihren heimlichen Träumen ist sie ein Mensch, den niemand in Hohenfels oder anderswo kennt.

Es geht auf Mitternacht zu. Die vierte Zigarette ist geraucht, ein drittes Glas Wermut getrunken, das Kreuzworträtsel bis auf einen altgriechischen Epiker aus dem 5. Jahrhundert mit sechs Buchstaben – der zweite ein O – gelöst. Walburga räumt den Tisch. Sie zieht, mit melancholischem Blick auf ihr reizloseinsames Bett, den alten Wecker auf, bevor sie am Fenster den Vorhang zur Seite zieht und beide Flügel weit öffnet. Kalte, klare Luft treibt Tabakdunst aus dem Zimmer. Walburga atmet tief. Sie starrt hinüber zum Hauptgebäude und – traut ihren Augen nicht. Um sich der nach ihrem Verständnis ungeheuerlichen Entdeckung auch ganz sicher zu sein, vergleicht sie die von Wecker und Armbanduhr gezeigte Zeit. Es bleibt bei der empörenden Feststellung: Zwei Minuten vor Mitternacht! Und im Zimmer der Patienten Koschenz und Heiliger brennt noch Licht! Gerade so, als gäbe es keine Hausordnung, die für alle Patienten ab 22 Uhr Nachtschlaf bestimmt! Ihre Lippen zucken.

„Das ist doch ... Das ist zu viel! Zu viel, meine Herren!"
Hastig steigt sie in eine Trainingshose, kriecht wieder in die knöchelhohen Filzhausschuhe, wirft den dicken, langen Wintermantel über das Nachthemd und stürzt aus dem Zimmer. Zwei Minuten später hastet sie im Haupthaus, immer zwei Stufen auf einmal nehmend, die Treppe zum ersten Stockwerk hinauf. Oben im Korridor trippelt ihr Schwester Elfriede mit einem Tablett in den Händen entgegen. Die Greisin hat Nachtdienst und ist unterwegs zu einer Patientin, die alle

vier Stunden eine Injektion erhält. Um Haaresbreite wird sie von der heranstürmenden Oberschwester angerempelt. Noch ehe der alten Schwester ein mäßigendes Wort über die Lippen kommt, ist die hagere Kollegin im Zimmer der beiden jungen Männer verschwunden. Schwester Elfriede schwankt nur einen Moment zwischen Neugier und Pflicht, dann siegt Sorge um die wartende Patientin.

Absichtlich stößt Oberschwester Walburga die Zimmertür heftig und laut auf. Sie erwartet zwei erschrocken hochfahrende, ertappte Sünder. Nun verharrt sie betroffen auf der Schwelle. Entgeistert lässt sie ihren Blick durch den Raum wandern. Keine Sünder. Die beiden Bewohner ruhen im hellen Lampenlicht friedlich in den Betten. Sie schlafen so fest, dass es zum Wecken vermutlich eines mittleren Kanonenschlages bedurft hätte. Auffällig ist nur, dass ihnen beiden, offensichtlich von Müdigkeit übermannt, Bücher aus den Händen geglitten sind und Notizzettel verstreut auf den Bettvorlegern liegen. Noch erstaunlicher ist die Aufteilung der von den jungen Männern gewählten Lektüre. Der gleichmäßige Atem des Vikars bewegt die Blätter des nahe an sein Gesicht gesunkenen Werkes „Staat und Revolution" von Lenin, und Josef Heiliger hält auch im Schlaf noch die aufgeschlagene Bibel auf seiner Brust fest. Beide haben verschiedene Buchstellen mit kleinen Papierstreifen markiert.

Verwundert tritt die Oberschwester zuerst an das Bett des Vikars. Sie nimmt behutsam das schmale Buch an sich. Sie schlägt eine der gekennzeichneten Stellen auf. Beim Lesen bewegt sie lautlos die Lippen.

„Es ist eine der Hauptbedingungen der Revolution, dass die Arbeiterklasse herrschen lernt ..." Ein Anflug von Ironie streift ihre Miene. Wenn das stimmt, denkt sie, ist kein Grund zur Sorge. Die lernen das nie! Sie blättert und findet eine andere Stelle. „Gerechtigkeit und Gleichheit kann also die erste Phase des Kommunismus noch nicht bringen."

Na bitte: Nicht bringen! Das sagt auch der Herr Chefarzt immer! Sie nickt, klappt das Buch zu, klemmt es unter den Arm und geht hinüber zu dem anderen Zimmerbewohner. Auch hier greift sie vorsichtig nach dem schwarzen Band mit dem eingeprägten, goldenen Kreuz. Interessiert zieht sie einen der Merkzettel heraus. Sie liest verblüfft, was Josef Heiliger für sich aus der Heiligen Schrift als wichtig notiert hat.
„So ein Mensch etwa von einem Fehler übereilt würde, so helfet ihm wieder zurecht mit sanftmütigem Geist ... Einer trage des anderen Last ..."
Ein Geräusch lässt Oberschwester Walburga aufblicken. Schwester Elfriede steht in der offenen Tür. Walburga will mit den zwei von ihr vorläufig erst einmal sichergestellten Büchern an der Greisin vorbei aus dem Zimmer gehen, doch die alte Schwester versperrt ihr den Weg. Sie schüttelt den Kopf und lässt die Oberschwester auch nicht zu Wort kommen. Gebieterisch auf ihr gegenüber dem Schwesternrang höheres Recht des Alters pochend, legt die kleine, bejahrte Frau den Zeigefinger auf den Mund. Sie tritt heran und holt, schwache Abwehr mit großmütterlich-strengem Blick brechend, die beiden Bücher unter Walburgas Arm hervor. Ein kurzer Vergleich der Titel genügt ihr. Sie legt die Bibel auf den Nachttisch unter das Bild des dornengekrönten Christus und den Leninband zu den anderen Büchern unter dem Stalinbild, dann schaut sie zufrieden zur Oberschwester, die mit zusammengepressten Lippen das Tun verfolgt hat. Die Miene der Greisin macht Worte überflüssig: Alles an den richtigen Platz! So haben die Dinge ihre Ordnung, Walburga, nur so!
Gemeinsam und lautlos verlassen sie das Zimmer. Schwester Elfriede schaltet das Licht aus.

Draußen fällt der erste Schnee. Dichte Flockenschleier verwehren die Aussicht von den Liegehallen hinüber zum Wald. An den Vogelhäuschen, die auf jeden Balkon angebracht

wurden, herrscht Hochbetrieb. Spatzen und Meisen, Buchfinken und Rotkehlchen geben den in Decken gehüllten Patientinnen und Patienten ein unterhaltsames Schauspiel. Manchmal übernimmt ein Buntspecht die Rolle des Generalsekretärs oder eine große, schwarze Krähe tritt als Bösewicht auf.
Leises Rauschen im Lautsprecher kündigt an, dass der alte Sibius in der Liegehalle Eins das Radio eingeschaltet hat. Ein paar Pfeiftöne während der Senderwahl, die Klänge einer Erkennungsmelodie, dann meldet sich eine freundliche Ansagerin: „Hier ist der Mitteldeutsche Rundfunk, Sender Leipzig mit seinen Landessendern ... In unserer fröhlichen Musik zum Vormittag hören Sie Volkslieder aus Sachsen und Thüringen ..."
„Also dann schon lieber bei den Vögeln zugucken!" Jochen mit der Baskenmütze ächzt gequält. Er schielt über zwei leergebliebene Pritschen hinweg zu Frau Grottenbast.
Sie hat jetzt den Platz von Sibius eingenommen, hält die Augen geschlossen und stellt sich taub. Ihre Stimmung ist sowieso schon auf dem Tiefpunkt. Sie hat kein Verständnis dafür, dass Oberschwester Walburga dem Mädchen Sonja erlaubte, Josef Heiliger auf seinem Weg zum VVN-Sanatorium zu begleiten. Wenn der junge Mann dort um dieses amerikanische Wundermittel betteln will, gut und schön, aber was hat Sonja damit zu tun? Nein, solche Ausnahmen sind nicht gerecht, Frau Walburga! Auch nicht für eine Patientin mit einem so bösen Befund wie bei meiner kleinen Sonja! Wer weiß denn, was so ein junger Kerl mit ihr anstellt da im Wald, noch dazu bei Schnee und Kälte!
Zu Fuß, im vorgeschriebenen, gemächlichen Kurschritt, braucht man von Hohenfels bis zum VVN-Sanatorium knapp eine Stunde. Josef Heiliger und seine junge Begleiterin haben erst die Hälfte der Strecke hinter sich, als es aufhört zu schneien. Der Himmel hellt schnell auf. Die Sonne zaubert die Pracht lupenreiner Brillanten auf das weiße Winterkleid der Fichten.

Sonja hat sich bei Josef Heiliger eingehakt. Er vergräbt seine Hände tief in den Taschen des Uniformmantels. Unter den Sohlen knirscht der Schnee. Mit ihren Fragen hat das Mädchen den jungen Offizier ins Schwärmen gebracht. Er spricht so, als seien ihm die leidenschaftlich beschriebenen Bilder greifbar nah.

„Für mich ist das alles so gewiss wie der Frühling, der kommen wird, wie die Rückkehr der Schwalben, wie die heißen Tage im nächsten Juli, Sonja. Keine Trümmer mehr in den Städten, überall neue Häuser, jede Wohnung sogar mit Bad, das ist klar. Am Kiosk Bockwurst, so viel du haben willst, gebratene Hühnchen sogar, und Rentner, die sich eins leisten können … So fängt der Kommunismus an!"

„Und die Schieber, die Gauner, die Faulenzer, was wird aus denen?"

„Na, die gibt 's doch dann nicht mehr!" Josef Heiliger lächelt zuversichtlich. „So was kann bloß in der Ausbeutergesellschaft groß wachsen, glaub mir."

Trotz aller Zuneigung vermag Sonja Kubanek seinem gläubigen Höhenflug nicht länger blindlings folgen. Ihr Einwand kommt schonend.

„Solche wie Jochen oder Truvelknecht, die wird 's immer geben, Jupp. Leute, für die Geld mehr zählt als Anstand."

„Menschen ändern sich, Sonja!" Obwohl er die Worte selbstsicher über die Lippen bringt, zwingt sich ihm für Sekunden ein Gedanke auf, der verwirrt. Sein Bibelstudium kommt ihm in den Sinn und der dabei gewonnene Eindruck, dass nach den Büchern des Alten Testaments und den Zeugnissen der Jünger Jesus die Tugenden und Bosheiten der Menschen offenbar seither durch alle Jahrhunderte im gleichen Maß und unverändert geblieben sind. Und Karl Marx? Es ist nicht das Bewusstsein der Menschen, das ihr Sein, sondern umgekehrt, ihr gesellschaftliches Sein, das ihr Bewusstsein bestimmt, behauptet der Mann aus Trier, aber … So viele Aber! Zu viele! Lass dich nicht irre manchen, Jupp! „Wer nicht arbeitet, Son-

ja, der soll auch nicht essen, so wird das sein, auch für solche wie Jochen und Truvelknecht. Jeder nach seinen Leistungen! Und dann, in zehn, zwanzig Jahren ... Jeder nach seinen Bedürfnissen! Wir werden's erleben, da bin ich ganz sicher ... Was ist, Sonja?"
Das Mädchen ist unvermittelt stehen geblieben. Sie streift Schnee von einem Fichtenzweig und beobachtet, ganz in sich gekehrt, wie das lockere Weiß auf ihrer Hand schmilzt. Josef Heiliger hat sie, ohne es zu ahnen, erschreckt. In zehn, zwanzig Jahren – darf jemand so rechnen, der den Tod in der Brust trägt? Muss für uns nicht zuerst der Tag zählen und wie ein Geschenk sein, wie eine schöne Blume, an der wir uns freuen sollen, bevor sie welkt?
„He, Sonja ... Träume?"
Sein leiser Ruf holt sie aus ihren Gedanken. Sie trocknet hastig die Hand am Mantel und lächelt.
„Ach, nur so eine Idee ..."
„Ja?"
Die flache Sonne scheint in Sonjas Gesicht. Sie blinzelt. „Hatten sie eigentlich Frauen? Marx, meine ich, Engels, Lenin ... Konnten die zärtlich sein ... küssen?"
Josef Heiliger starrt sie an, als habe sie ihn gefragt, ob der Staatspräsident unter Schweißfüßen leide.
„Wie ... Wie kommen Sie denn auf so was?"
„Na, ohne Liebe ... Dann wären das ja gar keine richtigen Menschen gewesen ... Lenin zum Beispiel, wie war der als Liebhaber?"
Diese für ihn ganz und gar ungewöhnliche Frage macht ihn erst einmal ratlos. Eilig überprüft er sein subjektives Leninbild. War er ein richtiger Mensch? Na klar, ein Riese! Und Riesen können schließlich nicht nur vom Kopf her mächtig sein! Seine Antwort will keinem Zweifel Raum geben.
„Er war der Größte, Sonja ... Auch als Liebhaber ... Und im Küssen ...!"
Sonja tritt an ihn heran. Sie lächelt. Jeder Tag wie eine Blume,

denkt sie. Und keine von unseren gezählten Stunden darf uns verloren gehen. Sie legt ihre Arme um ihn. Ihre Stimme wird leise und heiter.

„Du, da bin ich aber froh ... so froh!"

Ihre Lippen berühren seinen Mund. Der Kuss löscht Schüchternheit. Josef Heiliger zieht das Mädchen fest an sich. Seine Uniformmütze fällt in den Schnee.

Das VVN-Sanatorium „Rudolf Breitscheid" ist von einem Park umgeben. Ein Teich, Pavillons und Steinbänke liegen ebenso wie die kahlen Zierhecken unter einer Schneedecke. Der schlossähnliche Bau stammt aus der Gründerzeit und ist im Grundbuch noch als Eigentum eines norddeutschen Reeders eingetragen. Während des Krieges diente das weiträumige Gebäude der Wehrmacht als Genesungsheim, danach nutzte es die sowjetische Besatzungstruppe als Lazarett, bis es schließlich die Vereinigung der Verfolgten des Naziregimes übernahm und als Heilstätte für Tbc-kranke Mitglieder, Partei- und Staatsfunktionäre einrichtete.

Sonja Kubanek und Josef Heiliger gehen ohne Hast und Arm in Arm auf die breite, zum Portal des Gebäudes führende Freitreppe zu. Ein Liebespaar. Vor den steinernen Stufen küssen sie sich. Josef Heiliger drängt das Mädchen zum Mitkommen, stößt aber auf entschiedenen Widerstand. Sonja will warten. Ohne dafür sachliche Gründe nennen zu können, mag sie dieses Haus ebenso wenig wie dessen Kurgäste. Sie winkt ihm nach.

„Beeil dich, Jupp! Ich drück' dir die Daumen!"

Er eilt hinauf, locker und leichtfüßig, alle ärztlichen Ermahnungen vergessend. Oben schaut er noch einmal zurück. Sonja hat den gestreuten Weg verlassen. Angelockt von dem grellen, unberührten Weiß über dem Rasen, trampelt sie, Fuß vor Fuß setzend, eine gebogene Linie in den Schnee. Noch einmal winkt sie ihm zu. Was für ein Mädchen, denkt er. Was für ein wunderbares Mädchen, und was für ein Glück für mich!

Im Gebäude schickt ihn eine auffallend junge, adrette Schwester in den ersten Stock. Das helle Treppenhaus ist mit roten und schwarz-rot-goldenen Fahnen geschmückt. Eine lebensgroße Bronzebüste stellt den im Konzentrationslager Buchenwald umgebrachten, sozialdemokratischen Reichstagsabgeordneten Rudolf Breitscheid dar. Auf halber Höhe geht Josef Heiliger der Atem aus. Er hält inne, stützt sich auf das Geländer. Hustenreiz quält. Er würgt, preßt das Taschentuch gegen den Mund und fühlt warme Feuchtigkeit, aber er wagt keinen Blick, will nicht wissen, ob tatsächlich Blut den Stoff nässt. Nach zwei, drei Minuten ist der Anfall vorüber.
Das Konsultationszimmer des Chefarztes im VVN-Sanatorium „Rudolf Breitscheid" wirkt nüchtern und kühl. Jedes Stück der sparsamen Einrichtung hat einen erkennbaren Zweck. Wandschmuck sind lediglich ein Bild des Präsidenten Wilhelm Pieck und, mit weißen Buchstaben auf rotem Tuch, das Zitat aus einem Werk des sowjetischen Schriftstellers Nikolai Ostrowski: Die Kraft des Menschen ist ohne Grenzen, bildet die Kraft des Kollektivs.
Chefarzt Doktor Lindner hat den jungen Volkspolizisten nicht warten lassen. Hinter seinem Schreibtisch sitzend, studiert er aufmerksam Krankenbericht und Röntgenbilder, die der Besucher mitgebracht hat. Eine der Schichtaufnahmen hält er längere Zeit gegen das Fensterlicht. Was er sieht, macht ihn betroffen.
„Der Stülpmann hätte mich ja anrufen können, bevor er Sie auf den Weg hierher schickt..." Er legt das Röntgenbild zu den anderen Unterlagen und schiebt alles zurück in den braunen Umschlag. Beim Weitersprechen schaut er den vor ihm sitzenden Besucher ernst an. „Ja, es stimmt, wir bekommen dieses Mittel... Vier Kuren für das nächste Halbjahr... Ganze vier!" Er wendet sich einem schwarzen Kasten auf seinem Schreibtisch zu und sucht vier Karteikarten heraus. „Das sind sie. Aber Stülpmann irrt keineswegs mit seiner Diagnose. Für dich ist dieses Zeug mindestens genauso wichtig wie für jeden dieser vier. Du bist jung, du hast ein Recht auf dein Leben..."

Niemand kann dir also einen Vorwurf daraus machen…"
Der Arzt schweigt. Josef Heiliger glaubt, eine Frage im Blick des Doktors zu lesen. Er ist irritiert.
„Ich verstehe Sie nicht, Herr Chefarzt… Vorwurf?"
„Sag mir, wem ich das wegnehmen soll, und ich tue es! Du, das ist mein voller Ernst, Genosse Heiliger!" Sein Ton lässt keinen Zweifel daran, dass dieser Vorschlag wörtlich gemeint ist. Er sortiert die Karteikarten, liest die Eintragungen von der ersten ab.
„Hier: Bruno A., zweiundsechzig, inhaftiert im März 1933, Zuchthaus Brandenburg, dann KZ Sachsenhausen, Buchenwald… 1945 Bürgermeister, Bevollmächtigter für Bodenreform… doppelseitiger Befund…"
Das ist gemein, denkt Josef Heiliger. Er ist blass geworden. Einem, der am Verhungern ist, das Brot wegnehmen, wer kann das denn? Doktor Lindner nimmt die zweite Karte, liest weiter.
„Nora N., siebzehn Jahre, einzige Überlebende ihrer Familie, die in Auschwitz und Dachau ermordet wurde. Vier Jahre von einem Bauern in Oberbayern vor den Nazis versteckt… Und hier, der Dritte. Rudi J., zweiundfünfzig Jahre, 1934 nach sechs Monaten Haft emigriert, Internationale Brigade in Spanien von 36 bis 38, viermal verwundet…" Ein Geräusch lässt ihn stocken. Er schaut auf.
Der Stuhl vor dem Schreibtisch ist – leer!
Mit einem schwachen Knacken fällt die Tür des Konsultationsraumes hinter dem Besucher ins Schloss. Der Arzt sitzt eine Weile ganz ruhig, dann wandert sein Blick zu dem Ostrowski-Spruch. In seine Miene zieht Bitterkeit. Von wegen Kraft ohne Grenzen, denkt er und wirft die vier Karteikarten ärgerlich aus der Hand.
Unten auf dem verschneiten Rasen hat Sonja ein großes Herz in den Schnee getreten. Sie sieht Josef Heiliger die Freitreppe herabkommen und geht ihm entgegen, bleibt aber schon nach wenigen Schritten wieder stehen. Sie kann sein Gesicht nicht sehen. Er hält den Kopf unter dem Mützenschirm gesenkt und vergräbt die Fäuste in den Manteltaschen. Sie merkt so-

fort, dass er völlig verändert ist. Keine Spur mehr von Freude über das Zueinanderfinden, nichts mehr von Zuversicht und Visionen von einer Zukunft mit gebackenen Hühnchen am Kiosk, warmen Wohnungen mit Bad und Fremdwörtern wie Egoismus oder Arbeitslosigkeit … Er schaut nicht nach rechts und links, hat keinen Blick für das Herz im Schnee, nicht einmal für sie. Stumm und steif hastet er an ihr vorbei, als gäbe es sie gar nicht. Ratlos sieht sie ihm nach. Hitze steigt in ihr hoch. Die geben es ihm nicht, erkennt sie. Der Gedanke schmerzt. Sie eilt ihm nach.
„Jupp! Jupp, bitte! … So warte doch, Jupp!"
Sie erreicht ihn und will trotz des von ihm eingeschlagenen Sturmschrittes und des heftiger werdenden Stechens unter ihren Rippen an seiner Seite bleiben. „Auch, wenn sie es dir nicht geben, Jupp, du darfst jetzt nicht … Bitte, geh' doch nicht so schnell!"
Das Stechen wird schlimmer. Glühende Nadeln. Sonja kann nicht länger Schritt halten. Er verbirgt vor ihr auch jetzt noch sein Gesicht. Seine Stimme ist scharf, feindselig fast.
„Lass mich doch in Ruhe, bitte! … Ich brauche keinen … Niemanden! … Niemanden!"
Er geht noch schneller. Sonja muss stehen bleiben. Ihr Atem ist kurz und brennend. Sie beobachtet, wie er im Wald verschwindet.
Josef Heiliger will nicht, dass jemand seine Tränen sieht.

Seitdem Hubertus Koschenz im Sanatorium Hohenfels ist, hat er noch keine so glückliche Stunde wie an diesem späten Vormittag erlebt. Ein Besucher aus dem nahe gelegenen, kleinen Dorf, der dortige Kirchenälteste, war mit einer Bitte gekommen. Oberschwester Walburga hatte dem älteren Herrn entgegen aller Regeln sofort ein Gespräch mit dem jungen Vikar erlaubt und den Patienten selbst aus der Liegehalle herbeigeholt.
Die Unterhaltung hatte nicht länger als eine halbe Stunde

gedauert, doch Hubertus Koschenz war danach nicht wieder zu seiner Pritsche gegangen. Zu groß war die Freude über die unverhoffte Aufgabe, zu mächtig die Neugier, ob die für ihn von dem Kirchenältesten mitgebrachte Kleidung passen würde. Nun ist er andächtig und selig damit beschäftigt, den nach Kernseife duftenden Talar des mit einem komplizierten Beckenbruch ins Kreiskrankenhaus eingewiesenen Gemeindepfarrers anzuprobieren. Das schwarze Priesterkleid reicht an ihn herab bis auf die Dielen. Er rafft und kontrolliert, als Josef Heiliger ins Zimmer kommt, wortlos Mantel und Mütze in den Kleiderschrank hängt und sich dann hastig am Bett auskleidet, obwohl bis zum Mittagsgong nur noch Minuten fehlen. Die steinerne Miene und die vom Weinen geröteten Lider seines Zimmergenossen fallen dem ganz in die Anprobe vertieften und frohgestimmten Vikar nicht auf. Endlich will er den Grund seiner Freude nicht mehr für sich behalten.

„Stell' dir vor Jupp, ich soll die Neujahrspredigt halten. Drüben in Tanneneck. Die kleine Kirche dort ist fast vierhundert Jahre alt ... Und über fünfhundert Seelen ... Du, für mich ist das die schönste Weihnachtsfreude, aber das verstehst du sicher nicht ... Morgen fang' ich mit der Predigt an. Borgst du mir dazu mal deine Schreibmaschine?"

Erst jetzt entdeckt Hubertus Koschenz, dass sich Josef Heiliger ins Bett gelegt hat. Uniformjacke und -hose liegen jetzt, ganz gegen den sonst geübten, sogar übertriebenen Ordnungssinn, achtlos hingeworfen am Fußende. Die verbissene Miene, der abwesende Blick und das eisige Schweigen des Zimmergenossen beunruhigen den jungen Geistlichen. Er tritt an das Bett, beugt sich ein wenig nach vorn und versucht behutsam, der Ursache des merkwürdigen Gebarens auf den Grund zu kommen.

„Was ist passiert, Jupp? Kann ich dir helfen? Bitte, sag' es mir ..."
Josef Heiliger schickt ihm einen kurzen Blick.
„Kannst die Maschine nehmen!"

Vier knappe, rau hervorgebrachte Worte nur, dann wälzt er sich auf die Seite, kehrt dem Mitbewohner den Rücken zu. Aber in Hubertus Koschenz ist der Seelsorger erwacht. Er gibt nicht so schnell auf, wenn er spürt, das dem Nächsten die Seele schmerzt.

„Ist es wegen Sonja? ... Oder bei dir zu Hause?"
Keine Antwort.
Hubertus Koschenz weicht nicht, wartet stumm. Tatsächlich ist die Geduld nicht vergebens. Josef Heiliger dreht den Kopf.
„Was ist noch? Nimm sie!"
Nun entgeht dem Vikar nicht länger, dass Josef Heiliger geweint hat.
„Danke, Jupp, aber ich möchte dir gern ..."
Unwillig fällt ihm Josef Heiliger ins Wort.
„Aber ich will sehen, was drauf geschrieben wird!"
„Versprochen, Jupp ... Bitte, sag' mir doch ..."
„Lass mich in Ruhe, bitte!"
Josef Heiliger zieht sich unter die Decke zurück. Er streckt hundert unsichtbare Stacheln gegen die Welt aus. Nichts hören, nichts sehen, nichts reden – wer so plötzlich und zwingend spürt, dass er ganz nah an das eigene Sterben geraten ist, der muss sich erst zurechtfinden, muss die womöglich nur noch knapp bemessene Zeit bedenken und dafür Wichtiges von Belanglosem streng unterscheiden. Die Gongschläge, mit denen Schwester Elfriede zum Mittagessen ruft, bleiben für ihn jetzt belanglos. Ihm ist nicht nach Essen zumute. Mir geht's ums Leben, nicht um Pellkartoffeln, begreift ihr das? Ich bekomme das Medikament nicht! Aus mir wird ein Krüppel! Rentner ohne graue Haare! Einer, dem die Tränen kommen, wenn Gleichaltrige auf ein Fahrrad steigen, Fußball spielen oder eine Nacht lang Boogie-boogie tanzen ... Ach, lasst mich doch in Ruhe, wenn ihr mir nicht helfen könnt!
Hubertus Koschenz ist ratlos.

Streptomyzin – das Wort geistert wie eine Zauberformel für ewiges Leben durch die Liegehallen und Patientenzimmer des Sanatoriums. Zeitungen melden Wunderwirkungen. Ein Antibiotikum, Stoffwechselprodukt von Strahlenpilzen, bisher allerdings von der inländischen pharmazeutischen Industrie nicht herstellbar. Im Haus wird erzählt, dass Streptomyzin auch Tuberkulose besiegt. Wer wohlhabende Verwandte oder Freunde im Westen hat, versucht mit deren Hilfe, an das Mittel heranzukommen. Auch Jochen hat schon einmal zehn Trockenampullen besorgt, angeblich von einem Sanitäter aus einem sowjetischen Militärhospital. Eine Tbc-Patientin, die dafür einen halbkarätigen Brillantring gab, konnte nach der Kur, wie man hört, mit sehr gutem Heilerfolg entlassen werden. Sie musste allerdings als Nebenwirkung des Mittels einen erheblichen Gehörschaden in Kauf nehmen. Sonja Kubanek hat sich davon nicht einschüchtern lassen. Ihr Vater, Uhrmacher und in der dritten Generation Inhaber eines kleinen Familienbetriebes, war mit den beiden kostbarsten Erbstücken aus seiner Sammlung alter Chronometer heimlich nach Westberlin gefahren und mit zehn Gramm Streptomyzin zurückgekommen.

Seit der letzten Injektion sind zwei Wochen vergangen. Es ist Sonnabend. Doktor Stülpmann hat sich für das Gespräch mit seiner jungen Patientin Zeit genommen. Es ist ihm nicht leicht gefallen, sie über das Ergebnis der kostspieligen Therapie zu informieren. Nicht nur, dass die Kavernen und Streuungen auf der linken und rechten Lunge kaum Anzeichen eines Heilprozesses erkennen lassen, auch die Nierenfunktion der Patientin ist durch das Antibiotikum bedrohlich gestört worden. Eine Wiederholung der Behandlung hält der Chefarzt selbst dann für aussichtslos, wenn noch einmal Streptomyzin beschafft werden könnte.

Sonja Kubanek hat ihren Mantel aus dem Zimmer geholt und ist hinaus in die zur späten, sonnabendlichen Nachmittagsstunde verlassenen Liegehalle gegangen. Sie will allein sein. Auch die Verabredung mit Josef Heiliger, den sie nach dem Gespräch mit Doktor Stülpmann im Leseraum treffen wollte, hat sie nicht eingehalten. Hingekauert auf ihre Pritsche, starrt sie in das graue Licht über dem Schnee. Was uns immer bleibt, ist Hoffnung, hat der Chefarzt gesagt. Und, dass es keinen besseren Arzt gibt als den Willen zum Leben, der jedem lebenden Wesen mitgegeben sei. Aber weiß der Doktor von der großen Müdigkeit, die ständig lauert und lockt, die am helllichten Tag schläfrig macht und lustlos, die einen schwarzen Schleier vor die Zukunft hängt und in mancher Stunde sogar fähig ist, selbst dem Tod sanfte, freundliche Züge zu geben? Willen braucht Kraft, und Sonja Kubanek ist erschöpft wie am Ende eines langen, qualvoll mit schwerer Last bewältigten Weges. Sie will sich gegen ihre Angst wehren und weiß kein Mittel. Gern würde sie jetzt beten, wie sie das von Hubertus Koschenz vor jeder Mahlzeit sieht, aber sie kennt keinen Text zur Anrufung eines Gottes, zu dem sie nie geführt wurde, nicht von ihren Eltern, nicht von den Lehrern, von niemandem. Und allein hat sie nie zuvor danach gesucht. Nur das Wort Amen ist in ihrem Gedächtnis. Sie faltet die Hände und spricht es aus, leise, fast unhörbar. Tränen nässen ihr blasses Gesicht.

Drei verlorene Billardpartien, ausgerechnet gegen Truvelknecht und Jochen, haben Josef Heiliger den Leseraum am Sonntagnachmittag verleidet und die schon seit einer Woche getrübte Stimmung bis in die blanke Lustlosigkeit gesenkt. Hubertus Koschenz ist mit seiner Predigt beschäftigt und nicht für irgend einen gemeinsamen Zeitvertreib, geschweige denn zu anregenden Streitgesprächen zu haben. Sonja Kubanek bleibt merkwürdig kühl und einsilbig, als habe es nie Zärtlichkeit zwischen ihnen gegeben. In der Liegehalle ruhen sie auf ihren Pritschen nebeneinander wie Fremde, und auch bei den Mahlzeiten weicht sie seinen Blicken aus. Es tröstet ihn nicht, dass sie sich ihrem Tischherrn Koschenz gegenüber ebenfalls auffällig wortkarg verhält.

Bücher sind die einzigen Gefährten, auf die Verlass ist. Sie verändern sich nicht, haben keine Launen, lassen sich nicht verleugnen und wollen niemals Geld geborgt haben. Josef Heiliger will die Zeit bis zum Abendessen seinem Lieblingsbuch widmen. Es begleitet ihn schon seit drei Jahren. Jeder seiner Freunde besitzt es oder hat zumindest darin gelesen. „Wie der Stahl gehärtet wurde" von Nikolai Ostrowski. Der Satz, in dem die Rede davon ist, dass man das eigene Leben mit Bedacht nutzen soll, damit einem später sinnlos vertane Zeit nicht leid tut und die Scham für eine unwürdige, allein dem eigenen Vorteil oder einem trügerischen Ziel gewidmete Vergangenheit nicht bedrückt, dieser Satz ist für ihn zu einer Lebensregel geworden, deren tiefere, von dem sowjetischen Autor vermutlich selbst nicht erkannte Bedeutung sich Josef Heiliger allerdings erst viele Jahre später schmerzlich erschließen sollte.

Im Korridor ist es still. Nur die Dielen knarren leise unter Josef Heiligers Schritten. Er will ins Zimmer und stutzt. Die Tür ist verschlossen! Das ist bisher in all den Wochen noch nicht ein einziges Mal passiert. Ungläubig probiert er noch einmal. Vergeblich. Ein kurzer Blick ins Schlüsselloch. Der Schlüssel steckt innen! Er klopft.

„Hallo, Hubert! Ich bin's! ... Was ist denn?"

Das Türschloss knackt. Der Vikar öffnet nur einen handbreiten Spalt. Er ist sichtlich verlegen und hat ein Gesicht, als sei er damit gerade zu nah am offenen Feuer gewesen. Ganz ungewöhnlich ist auch, dass er zur nachmittäglichen Stunde einen Bademantel trägt.

„Ich habe Besuch, Jupp. Meine Verlobte ... Gehst du mal 'ne Stunde spazieren ... Oder noch mal Leseraum?"

Josef Heiliger nickt.

„Verstehe!" Hastig verhindert er, dass der junge Vikar die Tür wieder schließt. „Moment, meinen Mantel brauch' ich aber!" Ein kurzes Zögern, dann lässt Hubertus Koschenz seinen Mitbewohner ins Zimmer. Am Tisch sitzt ein rundgesichtiges Mädchen mit freundlichen, dunklen Augen. In ihrem braunen, im Nacken zum Knoten gebundenen Haar schimmert eine weißgraue Strähne. Sie hat den Lodenmantel ihres Verlobten um die Schultern gelegt. Ein wenig befangen nickt sie dem Eintretenden zu.
„Guten Abend!"
Josef Heiliger grüßt kurz und geht zum Kleiderschrank. Er zieht den Mantel an, greift nach der Wintermütze. Dabei fällt sein Blick unter den Tisch, an dem nun auch Hubertus Koschenz wieder Platz genommen hat. Das Pärchen sitzt einander gegenüber. Er schmunzelt. Unter dem Tisch berühren sich die Zehen der beiden Verliebten. Die Füße sind nackt. Er merkt, dass seine Anwesenheit schon nicht mehr wahrgenommen wird und verlässt lautlos den Raum.
Im Foyer kommen ihm von draußen Sittich und dessen Tischdame entgegen. Die Kälte steht ihnen in den Gesichtern. Sittich reibt seine Hände.
„Auch einen Spaziergang wagen? Ziemlich kalt draußen, Jupp!"
„Ich werd's überleben!"
Josef Heiliger sieht nicht mehr, wie die Tischdame ihren widerstrebenden Begleiter sanft, aber entschieden mit zum eigenen Zimmer zieht. Sein Weg zum Ausgang führt an der Wandzeitung vorüber. Er ist schon zwei Schritte weitergegangen, als ihm eine Veränderung bewusst wird. Er stockt und wendet sich um. PATIENTEN-WANDZEITUNG NR. 1 steht als große, weiße Titelzeile auf dem roten Tuch. Auf den ausgeschnittenen Zeitungsfotos, die einen Artikel umrahmen, geht es um den Monat der deutsch-sowjetischen Freundschaft, um ein Zeiss-Planetarium als Geburtstagsgeschenk der Repu-

blik für Generalissimus Stalin und Junge Pioniere bei einer Kranzniederlegung am Goethe-Schiller-Denkmal in Weimar. Den Hauptartikel hat Josef Heiliger geschrieben. Mit der Hand, weil es schnell gehen sollte. Und mit Herzblut, wie man so sagt. Unter der Überschrift „Gemeinsam die Einheit Deutschlands schaffen" kommentiert er einen Brief, den der Ministerpräsident Otto Grotewohl am 1. Dezember 1950 dem Bundeskanzler Doktor Adenauer in Bonn überreichen ließ. In dem Schreiben wird ein Gesamtdeutscher Konstituierender Rat vorgeschlagen, der unter gleichberechtigter Zusammensetzung von Vertretern aus Ost und West die Bildung einer gesamtdeutschen Provisorischen Regierung vorbereiten soll, deren Aufgabe sein müsste, die Voraussetzungen für gesamtdeutsche Wahlen zu einer Nationalversammlung zu schaffen. „Wir Jüngeren kennen nicht einmal unser eigenes Vaterland, weil es durch Grenzen getrennt ist", hat Josef Heiliger geschrieben. „Die Deutschen in Ost und West müssen sich endlich an einen Tisch zusammensetzen und über ihr gemeinsames Schicksal sprechen ..." Und er beschwört alle Patientinnen und Patienten, den Vorschlag zu unterstützen. In seinem Eifer sind ihm dabei einige grammatikalische und orthographische Fehler passiert. Jemand hat sie erkannt, mit Rotstift unterstrichen und am Zeilenrand angekreuzt. Fünf Kreuze! Wie bei einem Klassenaufsatz steht am Ende des Artikels unter einem Schrägstrich in großen, roten Druckbuchstaben die Note: UNGENÜGEND.
Truvelknecht?
Wer sonst!
Einen Augenblick lang graben sich zwei kurze Falten zwischen die Brauen des Verfassers, dann angelt er seinen Füllhalter unter dem Mantel hervor. Er streicht die spöttische Wertung dreimal säuberlich durch und schreibt sein eigenes Urteil darunter: GENÜGEND. Mit Ausrufezeichen!
Draußen vor dem Portal empfängt ihn stechende Kälte. Er

atmet kleine, helle Nebelfahnen aus. Den Mantelkragen hochgeschlagen, die Hände tief in den Taschen, beginnt er im weiten Kreis eine Wanderung um Haupthaus und Nebengebäude. Oben im Zimmer zieht Hubertus Koschenz am Fenster, gegen alle Gewohnheit, die Vorhänge zu. Josef Heiliger sieht es und schmunzelt im Weitergehen.
Die Dämmerung kommt zeitig und geschwind. Unter dem bleiernen Himmel streicht ein Schwarm schwarzer, krächzender Abendvögel zu den Schlafplätzen. Der Schnee knirscht unter den Schuhen des einsamen Wanderers. Von Runde zu Runde werden seine Schritte schneller und die Kreise um das Haus enger. Er hält inne und schaut zur Uhr. Erst neunundzwanzig Minuten. Kälte beißt in die Ohren und Zehen. Er zieht die Mütze tiefer und stapft weiter. Noch eine Runde, noch eine Runde, noch eine Runde. Es ist dunkel geworden. Hinter den Fenstern brennt Licht. Wieder ein Blick auf die Leuchtziffern der Uhr. Einundvierzig Minuten. Der Dahineilende umstiefelt jetzt nur noch das Hauptgebäude. Jedes Mal, wenn er an der Vorderfront entlang hastet, schaut er hoch zu dem verhangenen Fenster. Die Minuten kriechen. Sein Schmunzeln ist längst erfroren.
Die da oben haben ihren Spaß, und ich werde zur Eisleiche, grollt er. Das kann doch nun wirklich nicht christlich sein! Jedenfalls nicht eine volle Stunde! Noch drei Runden, dann ist Schluss, auch wenn noch ein paar Minuten fehlen sollten! Der Frost zwickt nun sogar durch den Mantel. Jetzt lässt Josef Heiliger seine Uhr aus dem Spiel. Er weiß nicht, ob es die dritte oder bereits die vierte Umkreisung ist, die er nach seinem Vorsatz kurzentschlossen abbricht. Seine Geduld erlischt. Er kehrt um und stürmt zum Haupteingang. Wie gejagt eilt er durch das Foyer, die Treppe hinauf und durch den Korridor. Erst vor der Zimmertür stockt er. Sein Zögern dauert nur Sekundenbruchteile. Tut mir leid, Huppi, aber jetzt ist es Notwehr! Er klopft nur kurz, probiert an der Klinke, reißt

heftiger als beabsichtigt die ganz gegen sein Vermuten unverschlossene Tür auf und – blickt entgeistert auf das sich ihm bietende Bild.
Kein im Liebesspiel gestörtes Pärchen!
Keine peinliche Situation, die den einen schamrot macht und den Störer in Verlegenheit bringt.
Ganz im Gegenteil: Josef Heiliger wird erwartet!
Zwei Augenpaare strahlen ihn an. Nichts von Scheu oder Verlegenheit. Auf dem Tisch steht ein mit winzigen, goldenen Sternen und silbernen Lamettafäden geschmückter Adventskranz. Vier rote Kerzen brennen. Ein mit Staubzucker gepuderter Napfkuchen lockt. Heißer Tee duftet. Die Braut des Vikars nimmt die gläserne Kanne von dem Gestell, unter dem die Flamme eines kleinen Stearinlichtes züngelt. Sie füllt das für den Anderen schon bereitstehende dritte Glas. Ihre Stimme ist wie Samt.
„Wir warten schon auf Sie, Herr Heiliger!"
Verwirrt schält sich Josef Heiliger aus dem Mantel. Hubertus Koschenz zieht für ihn einen Stuhl heran.
„Komm, setz dich …" Er senkt seine Stimme. Das Flüstern ist nur für den Zimmergenossen bestimmt. „Danke, Jupp!"
Hubertus Koschenz kippt in jedes Teeglas noch einen Schuss aus einem Rumfläschchen. Seine Braut nötigt Josef Heiliger ein großes Stück von dem Kuchen auf.
„Bitte, essen Sie … Selbst gebacken!"
Ihr Verlobter hebt das Glas.
„Auf meinen roten Bruder!"
„Ich als Heiliger sage dazu kurz und klar: Prost!"
Drei Gläser klingen. Die Braut hat glänzende Augen. Sie lacht leise.
„Ich glaube, der geht ganz schön in die Beine!"
Josef Heiliger behält sein Glas in der Hand. Er schaut in das warme, ruhige Licht der Kerzen, spürt den besonderen Duft von brennendem Wachs, Fichtennadeln, frischem Kuchen

und Tee mit Rum. Ein ganz eigenartiges Wohlbehagen stellt sich für ihn ein und weckt längst vergessen geglaubte, anheimelnde Erinnerungen an Weihnachtsabende in seiner Kindheit. Ein feines, träumerisches Lächeln begleitet sein vorsichtiges Eingeständnis.
„Also, mal abgesehen von der ganzen Unwissenschaftlichkeit … Gemütlich isses!"

Schwester Elfriedes Gongschläge haben zur morgendlichen Liegekur gerufen. In den Korridoren streben Patientinnen und Patienten gehorsam zu ihren Pritschen. Josef Heiliger hat einige mit Maschine beschriebene Blätter dabei. Er ist gespannt auf die Lektüre. Es ist Hubertus Koschenz' Neujahrspredigt. Am frühen Morgen, schon eine Stunde vor dem Wecken, hat der Vikar die letzten Sätze getippt.
Josef Heiliger ist schon an der Tür zur Liegehalle, als er seinen Namen hört. Oberschwester Walburga ruft ihn. Sie hat ein seltsames, freudiges Leuchten in ihren hageren Zügen.
„Der Herr Chefarzt erwartet Sie, Herr Heiliger. Gleich jetzt!"
Er schiebt das Manuskript unter die Trainingsjacke und folgt der gestrengen Hüterin von Zucht und Sitte. Vor dem Konsultationszimmer des Chefarztes bleibt sie stehen, klopft kurz, kündigt den Gerufenen an und lässt ihn eintreten. Hat er da eben noch ein freundliches Blinzeln bei ihr gesehen? Das kann doch nicht sein! Das wäre ja wie eine Rose im Schnee! Es liegt an der Stunde Schlaf, die mir wegen Huppis Getippe heute Morgen fehlt, anders nicht!
Auch den Schreibtisch des Chefarztes schmückt ein kleiner Adventskranz. Daneben stehen zwei litergroße, braune Glasgefäße mit buntem Aufkleber. Josef Heiliger gehorcht einer freundlichen Geste und tritt näher. Irgendetwas in der Miene des Doktors erinnert ihn an den ungewohnten Ausdruck im Gesicht der Oberschwester. Er fühlt, dass ihn Ungewöhnliches erwartet und ist beunruhigt.

„Bitte, zuerst die gute Nachricht, Herr Chefarzt!"
„Nur die Gute!" Doktor Stülpmann schaut seinen jungen Patienten vergnügt an. „FORTES FORTUNA ADIUVAT! Dem Tapferen hilft das Glück!" Er greift nach den beiden braunen, jetzt erkennbar mit grünen Dragees gefüllten Glasbehältern und schiebt sie ihm zu. „Das Mittel! Täglich dreimal zehn Dragees, junger Freund. Früh, mittags und abends, jeweils nach den Mahlzeiten!"
Zögernd, immer noch ungläubig, nimmt Josef Heiliger die beiden Gefäße an sich. Er betrachtet sie, als halte er eine brillantenbestückte Königskrone und ein goldschweres Zepter in den Händen, dann hebt er den Blick, sucht nach Worten für das, was ihm von der Seele will.
„Ich ... Herr Chefarzt ... Das ist ... Wie soll ich ... kann ich ..."
„Ein Medikament allein tut es nicht!"
Josef Heiliger presst die Gefäße fest an seine Brust. Das Medikament! Nein, das ist kein Traum. Das ist die offene Tür, der Weg zurück in die Zeit, die jeden braucht, der helfen will, wo es gegen die Armut geht, gegen ungerecht verteiltes Brot ... Das kann die Rettung vor einem erbärmlichen Leben auf Sparflamme sein!
„Herr Doktor, wie ... Wie darf ich Ihnen danken?"
Der Chefarzt schmunzelt. Er zückt einen Drehbleistift und begleitet die Worte mit rhythmischem Klopfen auf die Schreibtischplatte.
„Indem Sie die Vorschriften dieses Hauses ganz genau befolgen. Also: Aufregungen vermeiden, Liegekuren einhalten, Essen, langsam gehen, und vor allem ..."
„... immer denken, es geht mich nichts an!"
Josef Heiliger lächelt. Er ist jetzt vom Schopf bis zu den Zehen ein ganz und gar fügsamer und dankbarer Patient. „Was auch passiert, es geht mich nichts an!"
Doktor Stülpmann spitzt zufrieden die Lippen.
Er lehnt sich zurück.
„Sehr, sehr gut, Herr Heiliger!"

Die Hälfte der Vormittagsliegekur ist bereits vorüber, als Josef Heiliger zu seiner Pritsche kommt. Es ist kalt und still auf dem Balkon. Aus dem Lautsprecher rieselt weihnachtliche Musik. Bevor er unter seine Decken kriecht, tritt er dicht an Sonja heran.
„Du, ich hab' das Medikament…" Sanft berührt er ihre Wange. Sein Flüstern kann die anderen Patienten nicht erreichen.
„Verzeihst du mir?… Ich war… war… blöd!"
Das Mädchen schaut ihn an. Sie lächelt. Auch ihre Stimme ist leise.
„So geht es uns eben manchmal. Ich war dir nicht böse, Jupp…" Sie greift nach seiner Hand. Er beugt sich zu ihr, doch der Kuss wird gestört. Ein durchdringendes Räuspern. Frau Grottenbast! Auf den Ellenbogen gestützt, blickt sie strafend herüber. In aller Öffentlichkeit!… Wollt ihr beiden wohl sofort… Oder soll ich die Frau Oberschwester…?!
Sonja Kubanek zieht die Decke bis zur Nase. Sie versteckt das Schmunzeln. Josef Heiliger steigt auf seine Pritsche. Bevor er sich einhüllt, angelt er unter seiner Trainingsjacke die Manuskriptseiten hervor, die ihm der Vikar gegeben hat. Er beginnt zu lesen und verteilt dabei seine Aufmerksamkeit zwischen dem Text und den Neuigkeiten, von denen das Mädchen nebenan erzählt.
„Weißt du schon, dass es eine Silvesterfeier geben wird?" Sonja Kubaneks Augen widerspiegeln Vorfreude. Es ist, als sei die Rede von einem seltenen, beglückenden Geschenk. „Du, das ist wahr! Mit richtigem Wein! Musik! Stülpmann hat sogar Tanzen erlaubt. Für alle, die unter Siebenunddreißigzwei haben. Ich möchte so gern… Und wenn ich mal schwindeln müsste… Zwei Jahre hab' ich nicht mehr getanzt… Vielleicht kann ich's gar nicht mehr… Und du?… Freust du dich?"
Josef Heiliger vernimmt die Frage nicht. An den engbeschriebenen Seiten festgelesen, hat er schon die letzten zwei, drei Sätze überhört. Er wird von Sekunde zu Sekunde, von Zeile zu Zeile, ärgerlicher. Sonja Kubanek schreckt ihn auf.

„He, du! Jupp! ... Ob du dich freust?"
„Freuen?" Es hält ihn nicht länger auf der Pritsche. Er wirft die Decken ab und springt auf. „Ich möchte den Kerl in Stücke reißen! Das ist doch ... Die reinste Konterrevolution ist das!"
Sonja Kubanek schaut ihm nach. So kann er nicht gesund werden, denkt sie.

Es ist das erste Mal, dass Hubertus Koschenz seine Liegekur unerlaubt vor dem Gongsignal abgebrochen hat, doch als sein Zimmergenosse ihn rief, ahnt er den Grund sofort und zögert nicht. Nun hockt er auf dem Rand seines Bettes und zwingt sich zur Geduld. Das Schweigen fällt ihm schwer. Vor ihm wandert Josef Heiliger hin und her, in einer Hand das Manuskript der Predigt, mit der anderen gestikulierend.
„Hier ... Schwarz auf Weiß: Darum sollt ihr nicht sorgen: Was werden wir essen, was werden wir trinken, womit werden wir uns kleiden ..." Er bleibt einen Moment stehen und schaut den jungen Vikar an, als trage der allein die Schuld an allem Elend dieser Welt. „Da hausen Tausende noch in Kellerlöchern, da schlagen wir uns herum mit all den Mutlosen, die resignieren oder zu allem nur ‚Leckt mich doch am Arsch' sagen. Die erst mehr essen und dann arbeiten wollen, und du predigst ..." Er sucht eine der Stellen, an der sich sein Grimm entzündet, und zitiert. Jedes Wort ist bissig. „... darum sorgt nicht für den anderen Morgen, denn der morgende Tag wird für das Seine sorgen ... Nur weil der Gott die Vögel ernährt im Himmel? Wer räumt denn die Trümmer weg, wer bringt denn die Maschinen wieder in Gang, woher kommt denn das Brot, Mensch?! Doch nicht von deinem Heiland, sondern von Max Krause und ... und ... und von Franz Müller, die sich dafür schinden ..."
Hubertus Koschenz sieht die roten Flecken im Gesicht seines Zimmergenossen. Er hebt die Hand zu einer besänftigenden Geste. Sein Einwurf soll den Eiferer nur mäßigen, nicht verletzen.

„Jupp, Jupp ... Das interpretierst du völlig falsch ..."
„Oh, nein! Das ist genau die Sprache, die einige hier im Land hören wollen." Er lässt Hubertus Koschenz nicht zu Wort kommen, blättert suchend in den Manuskriptseiten und findet eine andere, ihm ungeheuerlich anmutende Stelle.
„Hier! ... Schließen wir in unser Gebet all jene ein, die um den Preis der Freiheit den falschen Propheten entgegentreten und standhaft bleiben gegen alle Irrlehren ... Heißt das, man soll für die beten, die im Gefängnis sitzen?"
„Ja, aber in der ganzen Welt! Für *alle*, die eingesperrt sind!"
„Verdammt noch mal, aber diese Predigt soll nicht in der ganzen Welt gehalten werden, sondern hier! Und wenn hier einer eingesperrt wird, weil er ein Konterrevolutionär ist, weil er Sabotage treibt, alles, was hier an Neuem entsteht, stört und verhetzt ... Du säst Hass gegen uns ..."
Jetzt ist es genug, denkt Hubertus Koschenz. Es hält ihn nicht länger auf dem Bettrand. Auch sein Gesicht hat sich gerötet. In seiner Stimme ist jetzt keine Spur mehr von Milde und Nachsicht.
„Du weißt genau, dass nicht nur Saboteure eingesperrt werden. Ich wehre mich ... Nein, *wir* wehren uns, nichts weiter! Vielleicht kennst du deinen Lenin nicht gut genug. Ich hab's mir gemerkt. Jedes Wort, Josef! Jede Silbe! Hör zu: Jede religiöse Idee, jede Idee von jedem Gott, selbst jedes Kokettieren mit einem Gott ist eine unsagbare Abscheulichkeit. Religion die widerlichste Seuche ... Ist das vielleicht kein Hass? Wenn wir nicht zu stark für euch wären, würdet ihr Gott und das Kreuz verbieten, aus unsren Kirchen Kinos machen, Lagerhäuser ... Weißt du, wie es zugeht mit der Christenheit in eurem Sowjetparadies?!"
„Hör auf, Hubert!" Für einen Augenblick ist Josef Heiliger unsicher. Die letzten Sätze des Vikars hat er, sogar fast wörtlich, schon einmal gehört. Nicht von einem Geistlichen, sondern im Parteilehrjahr, von einem alten Genossen, der erst kurz zuvor aus der Emigration in der Sowjetunion heimge-

kehrt war. Es hatte Streit darüber gegeben, ob die Politik der Partei in der Kirchenfrage seriös oder nur taktisch sei. Er war bei der größeren Gruppe gewesen, nach deren Verständnis die Auffassung der hartnäckigen Minderheit in jenem Sektierertum wurzelte, das in den Dreißigerjahren den Hitlerleuten zur Macht verholfen hatte. Man war sich damals nicht einig geworden. Nun sucht er krampfhaft nach Gegenargumenten. Er wollte nicht in die Nähe von solchen Dogmatikern geraten. „Niemand hat ein Geheimnis daraus gemacht, dass wir gegen die Religion sind und den Atheismus propagieren ..."
„Eben!" Kurzes, bitteres Lachen, dann scharfes Aufzählen. „Schikanen, Feindschaft, Krieg gegen Andersdenkende ..."
„Der halbe Lenin ist doch nicht die ganze Wahrheit!" Josef Heiliger hat seinen geistigen Halt wiedergefunden. „Den Staat, verstehst du, den Staat soll die Religion nichts angehen, aber jedem Einzelnen muss es vollkommen freistehen, sich zu jeder beliebigen Religion zu bekennen oder gar keine Religion anzuerkennen – hast du das auch gelesen? Alle rechtlichen Unterschiede zwischen Staatsbürgern nach ihrem religiösen Bekenntnis sind in unserem Land absolut unzulässig!"
„Von wegen!" Hubertus Koschenz gerät, empört über die aus seiner Sicht entweder sträflich naive oder unverfrorene Apologetik, immer mehr in Zorn. „Genau das ist der Punkt, wo wir in der Praxis ganz andere Erfahrungen machen! Weißt du vielleicht von einem gläubigen Pfarrerssohn, der Polizeioffizier geworden ist? Oder Richter? Oder Schuldirektor? Keine rechtlichen Unterschiede, ein Witz ist das, ein schlechter!"
„Weil ... weil von euch immer wieder solche Zweideutigkeiten, solche Anspielungen kommen!" Josef Heiliger fühlt sich in die Enge getrieben. Er knallt das Manuskript neben die Schreibmaschine auf den Tisch. Ihm wird heiß in der Brust. „In unserer Situation hier ist so eine Predigt doch wie ein Knüppel, der alles kaputtschlägt! Und ich lass' es dich auch noch tippen!" Beidhändig packt er die Maschine. „Aber da-

mit ist jetzt Schluss! Hörst du, Schluss! Sense!" Er sieht sich nach einem geeigneten Platz zum Abstellen um, ist einen Moment lang ratlos, legt das Ding auf einen Stuhl und will zur Tür, doch jäher Hustenreiz hält ihn auf. Er beugt sich über das Waschbecken, presst das Taschentuch an die Lippen. Hinter ihm beginnt auch Hubertus Koschenz zu hüsteln. Beiden steigt der warme, süßliche Geschmack von Blut in den Mund.

Im einförmigen Rhythmus vergehen die Tage schnell. Zu Weihnachten durften ein paar Patienten nach Hause fahren, andere bekamen Besuch oder, wie Hubertus Koschenz und Josef Heiliger, nur Geschenkpäckchen. Es war ein stilles Fest, mit viel Schnee, Kaninchenbraten am ersten Feiertag und einem fast bis zur Decke reichenden Lichterbaum im Foyer. Nun, zum Jahresende, ist alles ganz anders. Die Beurlaubten sind wieder da, denn für Silvester gestattet Doktor Stülpmann keine Heimfahrten. Aus medizinischen Gründen, sagt er und, dass so eine Nacht ohne ärztliche Aufsicht eben leider sehr schädlich für den Heilungsprozess werden könne. Auch Besucher haben sich nicht angesagt. Wer gesund ist, hat wenig Lust auf die Feier in einer Mottenburg. Dabei geht es im Sanatorium Hohenfels bei diesem Anlass, vom sparsameren Umgang mit geistigen Getränken abgesehen, kaum anders zu als bei den Schrebergärtnern, den Gesangsvereinen oder Kegelklubs.
Das Hauspersonal hat den Speisesaal umgeräumt. Keine langen Tafeln mehr, dafür eine Tanzfläche, ringsum Tische für jeweils vier Personen, ausgenommen nur der Platz für den Chefarzt, seine Schwestern und die Laborantin. Bunte Girlanden schmücken die Decke. Von den Lampen hängen farbige Papierschlangen herab. In den auf allen Tischen verteilten, kleinen Vasen stecken zwischen Tannengrün und Lamettafäden lustige, fingerlange Figuren aus Plüsch und Draht. Engel

mit goldenen Flügeln, Schornsteinfeger mit Sektfläschlein, Ferkel mit Glücksklee in der Schnauze.

Neben dem Eingang waltet Schwester Elfriede gewissenhaft eines verantwortungsvollen Amtes. Sie hat einen Ausschank aufgebaut und verteilt an die mit leeren Gläsern in Schlange stehenden Patientinnen und Patienten verlockend duftenden Glühwein. Fünf Prozent Alkohol! Neben dem im Gestell über einer Spiritusflamme hängenden Kessel liegt eine Strichliste mit Namen. Jeder Weinempfänger wird registriert. Drei Gläser pro Nase! Keinen Tropfen mehr! Strengste Anweisung vom Chef! Der junge Mann, erst seit Monatsmitte hier zur Kur, kennt Schwester Elfriede noch nicht so genau und versucht es. Sie schaut erst ihn, dann das leere Glas an, nimmt es ihm ab und schmunzelt.

„Zählen kann ich auch noch, Jungchen: du hast schon drei – geh und mach lieber ein Tänzchen!"

Der Harmonikaspieler, der zum Tanz aufspielt, ist eine angesichts der Zeitumstände ganz erstaunliche Erscheinung. Er wiegt über zwei Zentner. Weil ein Stuhl für ihn zu knapp wäre, hat man ihm eine von den eingewinterten Parkbänken aus dem Abstellschuppen geholt. Der Dicke ist Besitzer des Dorfgasthofes und der dazugehörenden Fleischerei. Auf der Harmonika spielt er zu seinem Vergnügen und aus Nächstenliebe nur dort, wo es an Geld für professionelle Musikanten mangelt. Ihm genügt reichlich gespendeter Applaus, ein ‚Vergelt 's Gott' und zwischendurch etwas Trinkbares. Musizieren macht ihn durstig. Man hört seinen Melodien den Spaß an, den er mit seiner Harmonika und jedem Schluck Bier hat. Auf der Tanzfläche drängen sich die Paare. Josef Heiliger und das Mädchen Sonja tanzen engumschlungen. Sie hat ihre Wange an seine Schulter gelegt und die Augen geschlossen. Die Wärme ihres Körpers, der Duft ihres Haars, die besinnliche Melodie eines Tangos lassen ihn dabei Krankheit und Todesnähe vergessen. Auch den anderen Tänzern geht es, wenn

ihre Mienen nicht täuschen, ganz ähnlich. Herr Truvelknecht hält seine Tischdame im Arm. Auch Wittig tanzt mit der Patientin, die ihre Fleischportionen und die Freistunden mit ihm teilt. Doktor Stülpmann, zum festlichen Anlass und als Einziger im maßgeschneiderten Smoking, beglückt Oberschwester Walburga sichtlich mit seiner Bitte um diesen Tanz. Frau Grottenbast sitzt, sehr langsam und genüsslich ihren Glühwein schlückelnd, allein am Tisch. Nebenan füllt der ebenfalls ohne Gesellschaft zurückgelassene Sibius sein Glas nach jedem Schluck heimlich mit einem Schuss Wodka auf. Niemand achtet auf Jochen, der in den Saal kommt und am nächsten Fenster eilig hinter einem der zugezogenen Vorhänge verschwindet. Nach ein paar Minuten lüftet er die Portiere spaltweit. Er winkt unauffällig. Das Zeichen gilt Josef Heiliger, der es aber erst bemerkt, als der Harmonikaspieler die Finger von den Tasten nimmt.
Auf der Fensterbank hinter dem Vorhang hat Jochen sein Silvesterangebot aufgebaut. Westzigaretten, Kaffeepulver, Flaschenbier. Josef Heiliger liest das Etikett der Brauerei. Er staunt.
„Mensch Jochen, Klasse!"
„Bock!" Jochen sagt das Wort so, als handle es sich um Aladins Wunderlampe. „Vierfuffzig allerdings ... Mit Gefahrenzuschlag 1."
Josef Heiliger achtet darauf, dass beim Öffnen des Kippverschlusses kein Geräusch entsteht.
Draußen wird wieder aufgespielt. Einer der älteren Patienten führt Sonja zur Tanzfläche. Sie hält nach Josef Heiliger Ausschau und ist beruhigt, als sie ihn am Vorhang beim Fenster entdeckt. Frau Grottenbast ist wieder allein geblieben. Jochen lenkt die Aufmerksamkeit seines Kunden dorthin. In seiner Stimme schwingt Schadenfreude mit.
„Jupp, ich glaube, du musst dich endlich mal um deine Tischdame kümmern ... Immer Kavalier bleiben!"
Josef Heiliger zieht sich erst noch einmal hinter den Vorhang

zurück, leert die angebrochene, zweite Flasche und geht dann zum Tisch. Kümmern muss ja nicht gleich tanzen heißen, denkt er und setzt sich zu Frau Grottenbast.

„Wo steckt denn eigentlich unser ... unser Hirte? Ich hab' ihn den ganzen Abend noch nicht gesehen. Er ist doch sonst kein Eremit ..."

„So sollten Sie nicht sprechen, Herr Heiliger. Wie man auch zum Glauben stehen mag, sein Fleiß verdient Respekt. Das hat mein Albert auch immer gesagt."

„Fleiß? Er arbeitet?"

„An seiner Predigt für morgen."

Ein Tusch auf der Ziehharmonika unterbricht das Gespräch. Eine Extratour! Der Chefarzt tanzt mit Schwester Elfriede. Die Patientinnen und Patienten bilden einen Kreis. Sie klatschen im Takt mit. Doktor Stülpmann führt seine Partnerin behutsam und hält dabei ehrfürchtig Abstand. Auch Frau Grottenbast ist aufgestanden und hat sich der beifallspendenden Runde angeschlossen. Das Mädchen Sonja kommt zu ihr und hält nach Josef Heiliger Ausschau. Sie kann ihn nirgends entdecken und ist beunruhigt. Ihre ältliche Mitbewohnerin bemerkt es.

„Es dauert nicht lange, soll ich ausrichten." Ein bitteres Lächeln zieht auf die schmalen, aus festlichem Anlass ganz gegen ihre Gewohnheit geschminkten Lippen. „Um Zwölf ist er bestimmt wieder da ... So sind sie nun mal, die Männer!"

Josef Heiliger schließt die Tür hinter sich, bleibt aber erst einmal stehen. Er schaut eine Weile stumm zu, wie Hubertus Koschenz am Tisch arbeitet. Nur das leise Kratzen der Feder auf dem Papier berührt die Stille. Von dem Schreibenden kein Wort, kein Blick. Josef Heiliger knöpft die Uniformjacke auf. Die Situation behagt ihm nicht. Zögernd geht er zu seinem Bett, setzt sich und lässt den Vikar nicht aus den Augen. Minuten vergehen, bevor Hubertus Koschenz, ohne den Blick

von seinem Manuskript zu heben, dem Schweigen schließlich ein Ende macht. Er liest halblaut vom Blatt.
„Ist es möglich, soviel an euch ist, so haltet mit allen Menschen Frieden." Er schaut auf. Ihre Blicke treffen sich. „Römer zwölf, Vers achtzehn …"
Ein paar Pulsschläge lang sehen sie einander stumm und reglos an. Es ist, als warte jeder auf ein besonderes Wort, ein ungewöhnliches Zeichen. Jetzt ist es Josef Heiliger, der die Spannung bricht. Ein breites Feixen zieht in sein Gesicht. Jetzt bin ich dran, denkt er und steht auf. Mit zwei Schritten ist er bei der abgestellten Schreibmaschine. Er greift zu, schleppt sie zum Tisch, setzt sich dem Vikar gegenüber und spannt Papier ein. Vergnügt, wie zu einem Schelmenstreich aufgelegt, blickt er Hubertus Koschenz an.
„Los, diktier's mir!"
Der Vikar zögert. Einen Moment lang traut er seinem Zimmergenossen irgendeine hinter dem Angebot versteckte Arglist zu, doch dann schiebt er diesen Verdacht unwillig beiseite. Er steht auf, nimmt sein Manuskript zur Hand und beginnt, sehr langsam und akzentuiert, zu diktieren.
„Liebe Gemeinde! Voller Dank und Vertrauen in die Güte unseres Vaters im Himmel stehen wir an der Schwelle des neuen Jahres …"
Ganz eng mit seiner Predigt verbunden, umkreist er gemessenen Schrittes seinen uniformierten Helfer. Josef Heiliger tippt mit zwei Fingern. Er hat Mühe, dem Vortrag zu folgen. Beide sind in ihr Tun so vertieft, dass ihnen die vom Foyer her durch das Haus klingenden, dunklen Gongschläge gar nicht bewusst werden.

Schwester Elfriede schwingt den Klöppel zwölfmal gegen die runde Kupferscheibe. Ihre Augen sind feucht wie zu jedem der letzten fünf, sechs mitternächtlichen Jahreswechsel, bei denen sie im Dröhnen der Schläge den Gedanken an das eigene Ende nicht unterdrücken konnte. Auch heute betet sie während ihrer feierlichen Handlung. Sie bittet den Herrgott erneut, ihr doch noch ein weiteres Jahr im Sanatorium Hohenfels und, wenn das nicht zu viel verlangt sei, dazu ein wenig Linderung der Wetterschmerzen und vielleicht auch eine besser passende Zahnprothese zu bescheren.

Im Saal ist nur der fette Harmonikaspieler auf seiner Bank geblieben. Die Patientinnen und Patienten haben, ebenso wie der Chefarzt, die Schwestern und die Laborantin, ihre Plätze verlassen und sich auf der Tanzfläche versammelt. Die Gespräche sind verstummt. Alle warten auf den zwölften Gongschlag. Sonja Kubanek lässt die Saaltür nicht aus den Augen. Frau Grottenbast an ihrer Seite empfindet die Enttäuschung des Mädchens mit und will trösten. Ihre Erinnerung soll Balsam sein.

„Genau wie Albert damals: Immer die richtige Stunde versäumen …"

Das Mädchen Sonja wendet den Blick von der Tür ab. In ihrer leisen Stimme ist kein Vorwurf, aber ein merkwürdig melancholischer Beiklang.

„Sie sind alle dumm …"

Frau Grottenbast horcht betroffen auf. Ehe sie etwas sagen kann, hat sich Sonja zurückgezogen. Sie steht jetzt nahe bei Oberschwester Walburga, die eines der Fenster öffnet. Aus der Sternennacht draußen weht Glockengeläut von den Kirchen der umliegenden Dörfer herein. Auch Sibius ist näher zum Fenster gekommen. Er schwankt leicht und sucht die frische Luft. Sittich hat den Alten beobachtet. Er tritt jetzt so dicht zu ihm, dass kein anderer die geflüsterte Aufforderung mithören kann.

„Komm, ich bringe dich in dein Zimmer!"

Es bedarf sanften Zwanges, Sibius unauffällig hinauszuführen. Als die Tür hinter den beiden Männern geschlossen wird, ist auch das Mädchen Sonja nicht mehr im Saal.

Der zwölfte Gongschlag!

„Meine lieben Patientinnen und Patienten! Meine lieben Mitarbeiter!" Doktor Stülpmann hebt sein Glas. Alle Augen sind auf ihn gerichtet. „Möge es für uns alle und die Welt ein Jahr des Friedens werden, ein Jahr des Aufbaues, der guten Schritte zur Nächstenliebe und zum Wohlstand! Möge dieses Jahr 1951 Ihnen allen Genesung bringen und viele, viele erfüllte Wünsche ... Prosit Neujahr!"

Gläser klingen. Jeder umarmt jeden, selbst wenn er ihn sonst nicht ausstehen kann. Hinter dem Vorhang rechnet Jochen zufrieden seine Einnahme nach und gönnt sich die letzte, ihm verbliebene Flasche. Der Harmonikaspieler greift wieder in die Knöpfe. Doktor Stülpmann hat den Paaren noch eine halbe Stunde erlaubt. Schwester Elfriede schließt das Fenster. Draußen läuten noch die Glocken.

Oben in das Zimmer von Hubertus Koschenz und Josef Heiliger dringt der Glockenklang nur sehr gedämpft herein. Die beiden jungen Männer sind allein in ihr gemeinsames Tun vertieft. Keiner schaut zur Uhr, keiner achtet auf die Signale für den Beginn eines neuen Jahres. Der Volkspolizist tippt, was der Vikar ihm diktiert.

„... und es wird zwischen den Menschen eine befreite Beziehung sein, in der wir dem Bruder, dem Nächsten, dem Mitmenschen voller Ehrfurcht und Aufmerksamkeit begegnen. Das Wort des Paulus ist die Aufforderung an uns, die Würde des Menschen endlich anzuerkennen und zu verwirklichen ... Hast du: Endlich anzuerkennen und zu verwirklichen? Gut. Weiter ... Aber wo Not ist, ist kein Platz für Würde. Darum auferlegt uns die Verantwortung unseres Glaubens die Konsequenz des Tätigwerdens ..."

„Des Tätigwerdens! Das isses!" Josef Heiliger nimmt die Hände von der Maschine. Er sieht erst zu Hubertus Koschenz auf, dann verliert sich sein Blick schwärmerisch im Raum. „Und jetzt, weißt du, jetzt müsste dazu kommen: In der Nationalen

Front, in ihren Ausschüssen ..." Der Blick des Vikars lässt ihn stocken. „Nicht so gut, wie?"
„Nein, Jupp. Das ist eine Predigt und kein Referat für eine Parteiversammlung. Das meint: Jeder muss seine eigene Konsequenz ziehen." Hubertus Koschenz nimmt seine Wanderung rund um Tisch und Schreiber erneut auf. Er diktiert weiter. „Gott hat uns der Gemeinschaft verpflichtet, in der wir leben. Einer Gemeinschaft, die wir täglich erfahren, in unserer Familie, im Kreise der Kollegen, der Gemeinde und im Staatswesen. Gemeinschaft bedeutet Geben und Nehmen gleichermaßen ..."

Im Haupthaus sind hinter den Fenstern der Patientenzimmer die Lampen erloschen. Nur in den Korridoren brennt noch Licht. Es ist auch bei den zwei mit einer Neujahrspredigt beschäftigten jungen Männern nicht ausgeschaltet, aber sie haben den Vorhang zugezogen. Bloß durch die Ritzen dringt verräterischer Schein hinaus in die Dunkelheit.
Unvermittelt wird die nächtliche Stille gestört. Schwester Elfriede kommt aus dem Hauptgebäude. Ganz gegen ihre Art achtet sie nicht darauf, dass hinter ihr die Portaltür krachend wieder ins Schloss fällt. Aufgeregt und waghalsig hastet sie über den vereisten, spärlich gestreuten Weg hinüber zum Nebenhaus. Sie eilt durch den Korridor im Erdgeschoss. Außer Atem erreicht sie Doktor Stülpmanns Wohnung. Heftig klopft sie an, nimmt keine Rücksicht auf die nächtliche Stunde. Ihr Stimme zittert.
„Herr Chefarzt! ... Schnell, Herr Doktor! Ein Blutsturz! Es steht schlimm, Herr Doktor, schnell!!"
Zwei Minuten später stürmt Doktor Stülpmann, den weißen Kittel über dem Schlafanzug und im Lauf einen Mantel um die Schultern haltend, zum Haupthaus. Schwester Elfriede trippelt ihm nach, so schnell es ihre Jahre erlauben. Weder sie noch der Arzt haben einen Blick für die Lichtstreifen am Fenster des Patientenzimmers in der ersten Etage.

Eine Viertelstunde später. Wer von den Patientinnen und Patienten im Erdgeschoss des Sanatoriums zu dieser Nachtstunde noch nicht schläft, kann aus dem Korridor schnelle Schritte und das leise Surren kleiner, rollender Räder hören. Das Geräusch erschreckt. Wer diese nächtliche Ruhestörung noch nicht vernommen hat, weiß davon aus dem Mund anderer. Jochen erlebt es schon zum dritten Mal. Schaudernd kriecht er tiefer unter die Decke. Er nimmt sich endgültig vor, seine ganze Überredungskunst für einen Bettentausch mit jemandem aus einem Zimmer in der ersten Etage ins Spiel zu bringen. Nur dieses nächtliche Surren nicht mehr hören müssen! Draußen im Korridor schieben Doktor Stülpmann und Schwester Elfriede eine fahrbare Bahre zum Aufzug am Ende des Ganges. Ein weißes Laken bedeckt einen Leichnam und lässt nicht erkennen, wer in dieser Neujahrsnacht gestorben ist. Der Aufzug bringt Arzt, Schwester und Bahre zu dem im Souterrain gelegenen Leichenraum. Dort hebt Doktor Stülpmann noch einmal das Tuch. Schwester Elfriede weint lautlos. Der Chefarzt legt den Arm um die schmalen Schultern der Greisin. Sein Gesicht ist hart und bleich, wie aus Marmor geschnitten.

Nichts vom Sterben in dieser Nacht erreicht Hubertus Koschenz und Josef Heiliger. Beide kämpfen gegen wachsende Müdigkeit an. Der Vikar hat seine Wanderung durch das Zimmer aufgegeben. Er sitzt mit am Tisch und diktiert die letzten Sätze seiner Predigt.

„… in dein himmlisches Reich. Dort wollen wir mit neuen Zungen dich ehren und dir dienen von Ewigkeit zu Ewigkeit … Amen!"

Josef Heiliger tippt betont langsam Buchstaben für Buchstaben des letzten Wortes, dann lehnt er sich, wie sein Gegenüber, zurück, atmet tief und erleichtert aus und wiederholt die Schlussformel des Gebets.

„Amen!"

Hubertus Koschenz zieht das Blatt aus der Schreibmaschine. Er liest die letzten Zeilen und lächelt bei dem Gedanken, was wohl der Herr Landesbischof zu diesem Geschehen sagen würde.

„Das gab es noch nie, glaube ich."

Josef Heiliger nickt. Er hat Mühe, die Augen offen zu halten.

„Das darf auch nicht zur Regel werden ... Mann, bin ich müde!" Er quält sich vom Stuhl hoch und geht zu Bett. Vor dem Einschlafen schluckt er noch zehn Dragees, die er eigentlich schon vor Mitternacht hätte einnehmen müssen. Hubertus Koschenz hat das Fenster geöffnet.

Im Schein der Nachttischlampe liest er noch einmal die Predigt von Anfang bis Ende. Als er das Licht löscht, klingt vom anderen Bett längst Josef Heiligers pfeifendes Schnarchen herüber.

Eine volle Stunde vor den Gongschlägen, von denen die Patientinnen und Patienten auch am Neujahrsmorgen pünktlich sieben Uhr geweckt werden, ist Hubertus Koschenz aufgestanden. Bemüht, seinen schlafenden Zimmergenossen nicht zu stören, hat er sich gewaschen, sorgfältig rasiert und angekleidet wie zu einem Examen. Schon im Lodenmantel, legt er das Manuskript der Predigt zu Talar und Schulterkragen in die alte Reisetasche.

Das unvermeidliche, metallische Knacken des Verschlusses weckt Josef Heiliger. Er blinzelt Hubertus Koschenz, der verlegen die Schultern hebt, schläfrig an, gähnt genießerisch und grinst.

„Siehst du, Huppi, am Sonntagmorgen, da wird's nun ganz deutlich: Atheismus ist eben doch gesünder!" Räkelnd bekundet er sein Wohlbehagen, schenkt dem Vikar noch einen mitleidigen Blick und wälzt sich dann zum Weiterschlafen murmelnd auf die Seite. „... 'tschuldigung!"

Auf leisen Sohlen geht Hubertus Koschenz mit seiner Tasche

zur Tür. Auf der Schwelle zögert er, schaut zu Josef Heiliger hin, von dem nur der Haarschopf unter der Bettdecke hervorlugt, schickt dann einen um Nachsicht bittenden Blick in die Höhe und bewegt lautlos die Lippen.
„Verzeih mir, Herr …!"
Es kracht wie ein Kanonenschuss!
Erschrocken fährt Josef Heiliger hoch. Er starrt verstört auf die zugeschlagene Tür. Es dauert einige Sekunden, bis er seine Sprache wiederfindet. Endlich schüttelt er bekümmert den Kopf. „Antagonistisch, das isses eben!"

Die Räder des Milchwagens holpern über den gefrorenen Boden des Waldweges. Leere Kannen klappern. Der Gaul stößt weißen Dunst aus den Nüstern. Hubertus Koschenz sitzt neben dem alten Kutscher, von dessen Gesicht jetzt unter tief herabgezogener Fellmütze und hinter dickem Wollschal nur die Augen frei bleiben. Eisige, klare Morgenluft macht die beiden Männer wortkarg.
Knatterndes Motorengeräusch kündigt ein entgegenkommendes Fahrzeug an. Der Kutscher lenkt Pferd und Wagen vorsorglich an die Seite und hält an. Eine dunkle Limousine. Das Leichenauto auf der Fahrt zum Sanatorium! Irritiert schauen sich die beiden Männer auf dem Kutschbock an. Gestorben in dieser Nacht? Wer?
Der Kutscher zuckt kaum merklich mit den Schultern. Was soll's, wo die Schwindsucht ist, macht der Tod nun mal häufiger als anderswo seine Besuche. Das Leben geht weiter, immer weiter, junger Freund! Er knallt mit der Peitsche. Gehorsam stapft das Pferd los. Bis zur Kirche ist es nicht mehr weit.

Kaltes Wasser hat den Rest von Müdigkeit fortgespült. Josef Heiliger pinselt Rasierschaum. Hellwach schaut er sein Bild im Spiegel an. Der Pinsel kreist langsamer, bis die Hand schließlich sinkt. Allmählich wird ihm bewusst, dass er Sonja und die

Silvesterfeier über seiner Mitarbeit an der Predigt völlig vergessen hat. Ihm wird ganz heiß bei dem Gedanken. Ich muss sie um Verzeihung bitten, denkt er. Schon wieder! Also gleich! Auf der Stelle! Alles andere ist jetzt unwichtig. Hastig spült er den Schaum ab, zieht die Trainingsjacke über und eilt aus dem Zimmer. Auf der Treppe begegnet ihm Oberschwester Walburga. Sie hebt zögernd die Hand, will ihn aufhalten, offensichtlich etwas erklären, doch er ist schon an ihr vorbei und unten im Korridor verschwunden. Einen Augenblick überlegt Walburga noch, kehrt dann um und folgt ihrem Patienten.
Auf sein Anklopfen hat Josef Heiliger keine Antwort bekommen. Sehr sacht drückt er die Klinke. In der offenen Tür bleibt er fassungslos stehen. Er schluckt.
„Nein ... Nein, das ist ..."
Die Stimme versagt. Er will nicht wahrhaben, was eindeutig erkennbar ist. Sonjas leeres Bett, das Laken schon abgezogen. Stumpfe Matratzen. Auf dem Nachttisch, zum Einpacken zusammengelegt, ein kleiner Plüschbär, Sonjas Armbanduhr, ein besticktes Täschchen, Schreibzeug, Briefe und das bunte Seidentuch, das sie zur Silvesterfeier getragen hat. In der Luft hängt der Geruch eines Desinfektionsmittels.
Am Fenster sitzt Frau Grottenbast. Ihre Augen sind vom Weinen gerötet. Auf ihrem Schoß pressen und zerren die Hände an einem Taschentuch. Ihr Gesicht ist grau und welk. Die vergangenen Stunden haben die hagere Frau noch um weitere Jahre altern lassen.
Langsam kommt Josef Heiliger zu dem leeren Bett. Er schüttelt den Kopf. Der Schmerz in ihm macht jeden Gedanken zu einer Anklage. Nie mehr ihre hellen Augen, niemals wieder ihr Lächeln, ihre weichen, warmen Lippen, ihre sanfte Stimme, an der sich die Seele wärmen konnte. Und nun keine einzige Stunde, in der sich Versäumtes nachholen lässt ...
„Weshalb sind Sie weggegangen?" Frau Grottenbast schaut zum ihm auf. „Sonja hatte sich so auf Silvester gefreut ... Als

ob sie geahnt hätte, dass es das letzte Mal sein würde ..." Sie kann nicht weitersprechen, senkt den Kopf und drückt das Taschentuch an den Mund.
„Ich ... Ach ..." Mehr bringt Josef Heiliger nicht über die Lippen. Last liegt auf seinen Schultern. Er geht aus dem Zimmer, müde und verzweifelt.

Vor dem Kruzifix am Altar der kleinen Dorfkirche brennen Kerzen. Betend steht Hubertus Koschenz im Talar unter dem Kreuz. Hinter ihm haben sich die Frauen und Männer von den Bänken erhoben. Zwei Kinder gehören dazu und ein junger Mann, der sein längeres Haar im Nacken zusammengebunden hat. Die Orgel hebt zum Fortissimo an, sammelt gleichermaßen Leid und Trost im vielstimmigen, widerhallenden Akkord und ruft zu innerer Einkehr. Der Gottesdienst klingt aus. Hubertus Koschenz wendet sich der Gemeinde zu. Er breitet die Arme aus und gibt den Segen. Wechselnder Sprechgesang der Liturgie, die Klänge der Orgel, das Kruzifix und am Altar die geschnitzten Holzfiguren der Apostel im Schein der Kerzen, das alles verbindet sich zur Atmosphäre einer wohl behüteten, rundum geschlossenen und friedvollen Welt. Zu ihr ist in dieser Stunde Josef Heiliger im Wald unterwegs, gepeinigt von Selbstvorwürfen, von schmerzenden Fragen und vom Zorn. Die Hände tief in den Taschen des Uniformmantels, den dicken, grauen Wollschal um den Hals, die Schirmmütze in die Stirn gezogen, so stapft er, wie gejagt, durch den Schnee. Weit und breit Stille und kein Mensch. Er weint ohne Scheu und ist schon nahe am Dorf, als dort die Glocken zu läuten beginnen. Sein Schritt wird noch schneller. Außer Atem kommt er bei der Kirche an. Sein Gesicht glüht. Die Tränen haben seine Lider gerötet.
Der Gottesdienst ist vorüber. Er achtet nicht auf die Leute, die ihm entgegenkommen und neugierige, verwunderte Blicke nachschicken. Hastig betritt er die Kirche und steht kurz darauf in der Sakristei seinem Leidensgefährten gegenüber.

Die Todesnachricht nimmt auch Hubertus Koschenz die Sprache. Das Schweigen zwischen ihnen dauert. In dem kleinen, weiß getünchten Raum, den allein ein uralter Schrank mit kunstvoll geschnitzten Türen sowie ein schlichtes Kruzifix schmücken, ist nur das Atmen des Ankömmlings zu hören. Josef Heiliger lehnt, erschöpft noch, am Türpfosten. Er schüttelt den Kopf, wieder und wieder.
„Warum, warum … warum …"
Für Hubertus Koschenz ist das Wort zugleich Frage und Vorwurf gegen Gott. Er schaut Josef Heiliger an.
„Es gibt keinen Trost gegen den Tod, Jupp. Außer bei Gott, dem Allmächtigen …"
„Dem Allmächtigen?" Josef Heiliger blickt jäh auf. Er lässt den Vikar nicht weiterreden. „Der die Erde erschaffen hat mitsamt der Pestbazillen, der Tuberkulose, dem Krebs …"
Jetzt ist es Hubertus Koschenz, der seinen Gegenüber unterbricht. Er redet langsam, leise und eindringlich.
„Ja, Jupp! Seine Wege sind undurchschaubar, aber es ist ein Trost, dass nichts ohne seinen Willen geschieht …"
Erneut fällt ihm Josef Heiliger ins Wort, nun gereizt und bissig. „Nichts ohne seinen Willen, natürlich! Das ist außerordentlich tröstlich. Nichts ohne seinen Willen: Die Konzentrationslager, die Vergasung der Juden, die Folterungen, die Verstümmlungen, die nicht zu zählenden Ungerechtigkeiten dieser Welt, Ausbeutung, Unterdrückung, Rassenhass …" Er hält einen Augenblick inne und betrachtet Hubertus Koschenz wütend. Es sieht so aus, als würde er gleich laut werden, unbeherrscht in seiner Verzweiflung, doch es kommt anders, ganz anders. Auch seine Stimme wird, wie die seines Gegenübers, ruhig und behutsam. Er will mit seiner Meinung ganz offen sein, aber dabei nicht verletzend. Jedes seiner Worte ist überlegt und gewogen.
„Wenn es ihn wirklich gäbe, deinen Gott, glaub mir, Millionen Hände würden sich finden, um ihn in Stücke zu reißen!"

Hubertus Koschenz senkt für einen Moment den Blick. Seine Stimme ist kaum hörbar.

„Vater, vergib ihm …!" Nun schaut er Josef Heiliger an. „Der Schmerz spricht aus dir. Ich verstehe dich, Jupp. Aber Gott ist nicht nur allmächtig, er ist auch unbegreiflich in seinem Tun." Er wendet den Blick, wird nachdenklich über der Frage, die jeden Gläubigen immer wieder und oft gegen das eigene Wollen beschäftigt. Die Antwort sucht er im Neuen Testament, erinnert sich, findet einen Wegweiser im 13. Kapitel vom 1. Brief des Paulus an die Korinther. „Wir sehen jetzt durch einen Spiegel … in einem dunklen Wort, dann aber … ja, dann aber von Angesicht zu Angesicht …"

„Ich will dir etwas sagen, Hubertus: Es ist ein Glück für die Welt, dass der Herrgott nichts als ein Märchen ist …" Josef Heiliger spricht nicht weiter.

Der junge Vikar ist nahe zu der Wand getreten, an der das Kruzifix hängt. Trauer macht ihn stumm. Er will für seinen ungläubigen Leidensgefährten um Nachsicht bitten, kniet unter dem kleinen Kreuz nieder, legt die Stirn an die kalte Mauer und betet still.

Josef Heiliger will gehen. Er öffnet die Tür, bleibt dort aber noch einmal stehen. Er spricht sehr leise. Es ist nicht erkennbar, ob er damit den Betenden ungestört lassen will oder nur mit sich selbst redet.

„Es gibt keinen Gott – das ist die einzige logische Variante, mit all der Sinnlosigkeit fertig zu werden. Oder aber … man denkt nicht darüber nach … Über die Welt … das Leben …" Die Sakristeitür knirscht beim Schließen. Hubertus Koschenz kniet noch reglos und mit geneigtem Kopf unter dem Gekreuzigten.

Ende Januar veranstaltet der Frühling eine Probe. Es taut. Aus dem Sanatorium Hohenfels sind ein paar Patienten zwar nicht geheilt, aber mit deutlich gebesserten Befunden abgereist. Sittich gehört dazu, Jochen und Frau Grottenbast. Neuankömmlinge haben, oft noch wochenlanger Wartezeit, die frei gewordenen Betten belegt. Sie wissen nichts vom Geschehen in der Neujahrsnacht.

Sonja Kubanek ist auf dem Dorffriedhof beigesetzt worden. Oberschwester Walburga kommt öfter dorthin. Manchmal besuchen auch Hubertus Koschenz und Josef Heiliger das Grab, aber sie tun das nie gemeinsam. Seit dem Tod des Mädchens Sonja und der Begegnung in der Sakristei gehen sie wortkarg miteinander um. Es gibt keine Heiterkeit mehr zwischen ihnen, keine Scherze, noch nicht einmal Meinungsstreit. Guten Morgen, gute Nacht, kaum ein Satz mehr. Jeder leidet stumm für sich unter dem Abstand.

Wie an jedem Morgen steht Josef Heiliger im Dienstzimmer der Oberschwester wieder auf der Waage. Sorgfältig bewegt die strenge Frau die Gewichte. Sie beobachtet die Zungen der Waagebalken. Ihr Patient will eine Bitte aussprechen, aber kriegt sein Anliegen nur zaghaft über die Lippen.

„Also … Ich … Da wäre … Ich hätte da einen Wunsch, Oberschwester."

Sie trägt das Ergebnis ins Krankenblatt ein. Es ist, als habe sie die Stimme des jungen, jetzt nur mit einer Badehose bekleideten Mannes nicht erreicht. Ihre Miene verrät deutlich Unmut.

„Sie haben abgenommen!"

„Könnten Sie nicht bei Herrn Chefarzt erreichen, dass wir doch auseinandergelegt werden?"

Oberschwester Walburga bleibt noch taub gegen die Frage. Zweifelnd kontrolliert sie das Wiegeergebnis und findet es bestätigt.

„Sechshundert Gramm! … Sie sollten sich schämen, Herr Heiliger!"

„Wegen sechshundert Gramm?" Er zieht den Bademantel wieder an. Der strenge Vorwurf ist ihm unverständlich.

Die Oberschwester legt das Krankenblatt beiseite. Der ständig zur Schau getragene, herbe Zug in ihrer Miene wird schärfer. Sie mustert ihn unfreundlich.

„Ihr Befund geht zurück, Herr Heiliger! Zwei, drei Monate, und Sie können, so Gott will, von hier fortgehen, fast wie ein Gesunder. Und anstatt dankbar zu sein, beleidigen Sie den jungen Mann, den Ihnen der Herr geschickt hat …"

„Der Herr Chefarzt, meinen Sie, oder?"

„Es gehört sehr viel christliche Nächstenliebe dazu, auf so ein Medikament zu verzichten … Vielleicht sogar um den Preis des eigenen Lebens! Und das auch noch für einen Gottlosen …"

Betroffen horcht Josef Heiliger auf. Er will nicht glauben, dass er die Worte der Oberschwester richtig deutet. Es ist ganz anders gemeint, denkt er. Es muss ganz anders gemeint sein! Er zwingt sich Unverständnis auf.

„Wie? … Was verzichten?"

„Das kann doch nicht wahr sein, dass Sie das nicht mitbekommen haben!"

Ihr Blick nötigt unerbittlich, die schon erahnte Wahrheit anzuerkennen. Er stellt seine Fragen, obwohl er jetzt die Antworten bereits kennt.

„Die Kur? Von Hubertus?"

„Aus der Schweiz!" Oberschwester Walburga spricht es mit vernehmlicher Genugtuung aus. „Evangelisches Hilfswerk!"

Eine Weile steht Josef Heiliger wie versteinert. Was soll ich jetzt tun, fragt er sich und weiß keinen Rat. Die Kur an Hubertus zurückgeben? Nur noch zwei Tage, und alle Dragees sind geschluckt. Und nirgendwo auch nur ein Funken Hoffnung, dieses Medikament für ihn aufzutreiben!

Erst am Abend, im Zimmer allein mit Hubertus Koschenz und vor dem Einnehmen der Dragees, entschließt sich Josef Heiliger, der zwischen ihnen nistenden Einsilbigkeit ein Ende zu machen. Er sitzt im Schlafanzug auf der Kante seines Bettes, hält das Glas mit dem Medikament auf dem Schoß und schaut hinüber zu dem Vikar, der sich niedergelegt hat, aber

noch nicht schläft. Die Frage dringt zaghaft und leise in die spätabendliche Stille.
„Weshalb, Hubertus, weshalb?"
Sekunden verstreichen, bis endlich die Antwort kommt.
„Weil es für mich anders ist, Jupp!"
„Aber Sterben? Der Tod ist für alle gleich, denke ich …"
„Nein, Jupp." Jetzt lässt Hubertus Koschenz seinen Zimmergenossen nicht noch einmal auf eine Erwiderung warten. „Sterben ohne Glauben, ohne Hoffnung … Die letzte Stunde muss für einen von euch die Hölle sein …"
„Und du? … Du fürchtest dich nicht?"
„Ich bin in Gottes Hand." Hubertus Koschenz spricht langsam, als lausche er dabei einer sehr fernen, inneren Stimme. „Er kann mich erretten, wenn es sein Wille ist, oder auch abberufen, wenn er es für richtig hält. Sein Wille geschehe … Weißt du, Jupp, der Tod ist nur das Tor, dahinter … Licht."
Er wendet den Kopf, schaut zu Josef Heiliger hinüber und sieht, dass der die Dragees noch immer unschlüssig in der Hand hält. Er lächelt.
„Nun quäl dich mal nicht, du kannst sie ruhig nehmen. Mir geht es schon viel besser, ehrlich."
„Danke, Hubertus." Josef Heiliger öffnet das Glas. „Danke!"
Schweigend schaut Hubertus Koschenz wieder zur Zimmerdecke. Die Schatten unter seinen Augen widerlegen, dass sein Befund tatsächlich nicht mehr bedrohlich sei.
Josef Heiliger nimmt immer gleich zwei der Dragees, jede fast von der Größe eines Pfennigs. Geübt schluckt er das Medikament ohne Flüssigkeit. Dann, halb im Liegen und die Beine schon unter der Decke, wendet er sich wieder an seinen Zimmergenossen.
„Diese Heilmittel müssen sich doch auch hier herstellen lassen. Für alle, die sie nötig haben. Und kostenlos, selbstverständlich … Du, lass uns erst mal die Betriebe wieder in Ordnung haben … Man muss, meine ich, gegen die Krankheiten

genauso vorgehen wie gegen die Ungerechtigkeiten ... Das ist doch nicht gegen deinen Glauben, Hubertus?"
„Nein, Jupp. Gott hat uns den Verstand gegeben und die Gefühle, dass wir keinen leiden sehen können neben uns."
Eine Weile schaut Josef Heiliger stumm und nachdenklich hinüber zum anderen Bett. Endlich spricht er, leise freilich nur, seinen Gedanken aus.
„Du bist ein guter Mensch, Hubertus Koschenz!"
Der Satz kitzelt. Hubertus Koschenz muss lachen, zuerst nur verhalten, dann aber lauthals und herzhaft, zumal Josef Heiliger darin einstimmt, bis jemand im Nachbarzimmer wütend mit der Faust gegen die Wand schlägt.

Rechts und links der ansteigenden Landstraße, die weiter oben im Wald verschwindet, stehen Kirschbäume schon in weißer Pracht. Frühling. Das Knattern eines schweren Motorrades scheucht Krähen von der Saaträuberei hoch. Es ist eine Maschine mit Beiwagen und Volkspolizei-Kennzeichen. Der ältere Mann am Lenker trägt die Uniform eines Oberwachtmeisters. An seinem Koppel hängt in einer unförmigen Ledertasche eine Pistole 08, wahrscheinlich ebenso wie das donnernde Krad aus Beständen der vor einem halben Jahrzehnt geschlagenen und aufgelösten Wehrmacht. Im Wald biegt der Uniformierte von der Hauptstraße auf den Fahrweg zum Sanatorium Hohenfels ein.
Durch das offene Fenster fällt Sonnenschein in das Konsultationszimmer des Chefarztes. Vögel zwitschern. Der Dornauszieher glänzt im Licht. Josef Heiliger ist gekommen, um sich von dem Doktor und der Oberschwester zu verabschieden. Reisefertig trägt er Uniformmantel und Stiefel. Die Schirmmütze mit der silbernen Offizierskordel klemmt unter seinem Arm. Der Arzt ist hinter seinem Schreibtisch hervorgekommen. Er reicht dem entlassenen Patienten die Hand.
„Aber schonen Sie sich, junger Mann. Sie haben Ihren Schuss

ja nun schon im Frieden weg. Die Uniform werden Sie wohl nun ausziehen müssen. Verwundetenabzeichen gibt's ja jetzt nicht mehr …"

„Gottlob!" Oberschwester Walburga legt das Krankenblatt des Entlassenen in den Karteischrank und schließt mit nachdrücklicher, einen Endpunkt setzender Bewegung das Schubfach. Sie wendet sich Josef Heiliger zu und erwidert seinen Händedruck. „Leben Sie wohl, Herr Heiliger!"

Draußen nähert sich das Geknatter des Motorrades.

Josef Heiliger lässt die Hand der Oberschwester nicht gleich wieder los.

„Verzeihen Sie mir bitte, wenn ich Ihnen eine Menge Ärger gemacht habe."

„Nicht doch!" Oberschwester Walburga versetzt ihren jungen Patienten in dieser letzten Stunde seines Aufenthaltes im Sanatorium Hohenfels noch einmal in Erstaunen. Das Eis in ihrer Miene ist geschmolzen. Sie lächelt, wie er sie noch nie lächeln sah. Großherzig und sanftmütig, als sei sie seine Mutter. „Ich glaube fast, wir werden Sie ein wenig vermissen …"

„Wenn keiner mehr beim Essen klingelt!" Doktor Stülpmann lacht. „Machen Sie's gut, Jupp. Und wenn's mal zu dick kommt – es hilft nicht nur gegen die Motten: Ruhig hinlegen, Augen zu, entspannen und nur denken, es geht mich nichts an, was da auch geschieht, es geht mich nichts an!"

Unten vor dem Portal drückt der Oberwachtmeister auf die Hupe. Das nervende, knarrende Geräusch widerhallt von Waldrand her. An einem der Fenster im Erdgeschoss erscheint Schwester Elfriede.

„Hallo, Sie da von der Post oder der Feuerwehr oder Wasweiß-ich, dass ist hier kein Zirkus! Ruhe, bitte!"

Eingeschüchtert rückt der Mann seine Dienstmütze tiefer in die Stirn.

Josef Heiliger ist noch einmal zurück ins Zimmer gegangen. Er sucht Hubertus Koschenz, kann ihn aber auch hier nicht finden. Eilig schreibt er seine Adresse und einen Gruß auf einen Zettel, den er halb unter die Bibel auf dem Nachttisch klemmt. Sein Blick wandert zum Bild des Gekreuzigten. Nein, denkt er, nicht in deiner Herde findest du mich, aber bei denen, die dich achten! Zögernd und ein wenig verlegen hebt er, grüßend, die flache Hand an den Mützenschirm, bricht die respektvolle Geste dann aber schnell und wie bei Unerlaubtem ab. Eilig verlässt er den Raum.

Das schwere Motorrad knattert und holpert in zügiger Fahrt über den Waldweg. Im Beiwagen wird Josef Heiliger mächtig geschüttelt. Immer wieder schaut er über die Schultern zu seinem Koffer, der hinter dem Fahrer festgezurrt ist und bedrohlich wackelt. Den Oberwachtmeister stört die Schaukelei nicht. Seine Stimme übertönt den lärmenden Motor.
„War wie 'ne Kaserne, wa? So mit Spieß und Zapfenstreich und Nimm-kein-Schlückchen, wa? Scheißspiel, so was! Aber nun sind Sie wieder auf'm Damm, wa?"
Josef Heiliger bleibt stumm. Er hört dem Mann am Lenker gar nicht zu. Er kennt den vertraulichen Bericht nicht, den Doktor Stülpmann dem Polizeiarzt der Dienststelle senden musste, aber da war beim Abschied ein Satz, der etwas von der abschließenden Diagnose ahnen ließ: Die Uniform werden Sie ja wohl ausziehen müssen ... Ausziehen. Also Entlassung. Eine andere Arbeit. Noch einmal lernen. Vielleicht wieder Schulbank. Schonplatz jedenfalls. Jochen nennt so was Gammelposten ...
Sie erreichen das Dorf. Das Geknatter des Motorrades scheucht Gänse auf. Hofhunde kläffen. Josef Heiliger löst sich spät aus den düsteren Gedanken an seine Zukunft. Die Kirche! Der Friedhof! Hastig stößt er den Fahrer an und bedeutet ihm, vor dem eisernen, offen stehenden Tor zu halten.
Er klettert aus dem engen Beiwagen. Schon nach ein paar Schritten entdeckt er Hubertus Koschenz.

Der Vikar steht barhäuptig und im Lodenmantel vor einem Grab. Er hebt nicht den Blick, als der junge Mann in Uniform neben ihn tritt. Stumm schauen beide auf ein schlichtes Holzkreuz. Name und Daten sind eingebrannt. Sonja Kubanek. Geboren am 2. 5. 1932 Gestorben am 1. 1. 1951. Schwacher Wind bewegt Blumen und grünende Zweige. Irgendwo in der Nähe flötet eine Amsel. Minuten verstreichen. Erst auf dem Weg zum Ausgang endet das Schweigen. Sie gehen nebeneinander und ohne Hast.
„Ich hab' mir von deinem Lenin ein gutes Wort gemerkt, Jupp: Die wichtigste Charaktereigenschaft eines Revolutionärs ist die Geduld." Er sieht seinen Begleiter an und schmunzelt. „Der Mann muss dich gekannt haben! Die Zeit wird es bringen!"
Sie sind am offenen Tor. Der Oberwachtmeister späht herüber und setzt schon seinen Stiefel auf den Fußstarter. Josef Heiliger bleibt stehen. Er sucht den Blick des Vikars und lächelt ebenfalls.
„Du, ich weiß auch ein gutes Wort. Nicht von Lenin. Römer vierzehn, Vers neunzehn: Darum lasset uns dem nachstreben, was zum Frieden dient ... Wörtlich, Hubertus! Für dich!"
Draußen vor dem Friedhof dauert dem Oberwachtmeister die Wartezeit zu lange. Er bringt sich in Erinnerung und startet den Motor. Mit dem Geknatter weckt er augenblicklich wieder Hundegebell.
Am Tor nehmen die beiden Zimmergenossen nach fast sechs gemeinsamen Monaten voneinander Abschied. Sie haben einander kennen gelernt und wissen, dass ihre Sicht auf das, was die Welt bewegt, gänzlich verschieden ist. Unvereinbar. Antagonistisch, wie es Josef Heiliger bei jeder Gelegenheit nennt. Aber ihr Händedruck in dieser Minute ist nicht bloß Geste zivilisierten Umganges miteinander. Sie sind, trotz unversöhnlicher Anschauungen, Freunde geworden. Auf grundverschiedenen Pfaden dennoch Gefährten im Streben nach Frieden und Gerechtigkeit unter den Menschen. Die ihnen vom

Schicksal aufgezwungene Nähe hat sie gelehrt, dass im Zusammenleben aller friedfertigen Bewohner eines von Unvernunft tödlich gefährdeten Planeten stets Toleranz der höchste moralische Wert ist.

Hubertus Koschenz begleitet Josef Heiliger noch ein paar Schritte und beobachtet, wie er in den Beiwagen steigt. Gegen den Motorlärm muss er laut werden.

„Glaub mir, Jupp, Gott erreicht immer sein Ziel! ... Du wirst sehen: Immer!"

Das Motorrad rollt langsam an. Josef Heiliger winkt dem Zurückbleibenden zu. Er lacht.

„Das halt' ich für ein Gerücht, Hubertus! ... Nicht Gott! Du meinst uns! ... Uns beide!"

Die Entfernung zwischen ihnen wächst schnell. Sie verlieren einander aus dem Blick. Keiner von ihnen ahnt, dass sie sich auf ihren getrennten Wegen niemals wieder begegnen werden.

Wolfgang Held

geboren 1930 in Weimar, wo der Autor auch heute lebt. Nach dem Besuch der Handelsschule Studium der Gesellschaftswissenschaften, dann einige Jahre bei der Polizei, ab 1955 Journalist und erste Veröffentlichungen im Volksverlag Weimar; seit 1965 freier Schriftsteller. Seitdem Arbeiten für Film („Zeit zu leben") und Fernsehen („Die gläserne Fackel"), zahlreiche Romane („Manche nennen es Seele", „Das Licht der schwarzen Kerze", „Wie eine Schwalbe im Schnee") und Kinderbücher („Feuervogel über Gui", „Aras und die Kaktusbande"). Internationale Beachtung fand Wolfgang Held 1988 als Drehbuchautor für den Film „Einer trage des anderen Last", der in Ost und West als ein „Plädoyer für Toleranz" verstanden wurde; 1995 erschien der gleichnamige Roman, der jetzt zum ersten Mal als Taschenbuchausgabe vorliegt. Von Wolfgang Held kam 2000 im selben Verlag die Erzählung „Uns hat Gott vergessen. Tagebuch eines langen Abschieds" heraus.